徳間文庫

足りないくらし

深沢　潮

徳間書店

目次

樹

古畑《ふるはた》樹《いつき》はスーツケースに腰掛け、玄関前で佐伯《さえき》を待っていた。

屋根はあるが、雨足は強くよこなぐりで、冷たい雨粒が顔に当たる。いつ雪に変わってもおかしくないほど寒い。隣家の垣根越しに咲く山茶花《さざんか》も、凍えて花びらを閉じかけているように見える。ピンク色の花びらを見つめていると、視界が霞《かす》んでくる。人が横切ったような気もするが、よくわからない。樹は、頭を大きく振って、眠気を追いやった。

佐伯は鍵を間違えたと言って、下北沢の事務所に取りに行ったが、なかなか戻ってこない。

スマートフォンの時刻表示を確かめる。佐伯は三、四十分ぐらいと言っていたが、かれこれ一時間近く待っている。もうここで待つのは限界かもしれない。いずれにせよ、こんなところで待たすなんて、気が利かないにもほどがある。

大きく吐いた溜息が白くはっきりと形となり、ますます気分が悪くなる。

そもそも、彼女がくたびれたパンツに貧相なダウンパーカ姿で明大前の改札口に現れた瞬間から、一抹の不安が湧き上がってきてはいた。

佐伯はボサボサの髪の毛を指でしきりにかき混ぜながら、くもった眼鏡越しにおどおどと目を泳がせて話した。その様子は、女性専用シェアハウスを管理運営するスイーツエステートのホームページに出ていた社長や社員の雰囲気とはだいぶ異なっていた。

もっとこう、ぱりっとした人が来ると思い込んでいた。佐伯は、年齢不詳で化粧っけもなく、吹き出物の目立つ肌が痛々しい。栄養が偏《かたよ》っているか、生活リズムが悪いのだろう。それに、身なりに構わなさすぎる。学生と間違われても不思議ではない風貌は、社会人という範疇《はんちゅう》からもほど遠かった。ここに案内するときも、スマートフォンの画面を確認しながら狭い路地を曲がる佐伯は頼りなく、道を何度も間違えた。

入社したてとは言っていたが、いくらなんでもひどい。

そして、駅から十八分のはずなのに、三十分近く歩いてたどり着いたティラミスハウスも、ホームページの画像とあまりにも違っていた。ホームページでは、遠目の引き画像とはいえ、小綺麗で風情のあるシェアハウスに見えていたのだ。

車はとうてい入れなさそうな細い路地のどん詰まりにあった建物は、木造二階建ての二軒長屋の一部で、入口はいまどき珍しく磨《す》りガラスのはめ込まれた引き戸である。ティラミスハウスという名称よりも、「○○荘」と呼んだほうがしっくりくる、昭和っぽい代物だ。氷雨《ひさめ》の降る暗い空がひなびた佇《たたず》まいをさらに際立たせている。

外壁の木の板は反り返り、一部朽《く》ちているところも見られた。かなりの築年数なのは間違いない。三十年どころか四十年、いや、もっと経っているのではないだろうか。ホームページとの落差があまりにもある。長屋のもう半分はティラミスハウスよりもさらに傷んでいた。佐伯によるとそちらの方には誰も住んでいないらしいが、まるでお化け屋敷のようで、不気味だ。

それでも樹は、こういうところに住むのもなんらかの思い出にはなるだろうと、前向きに考えるように努めた。

引き戸の横にある郵便受けに、下山《しもやま》さくら、小寺風香《こでらふうか》、西沢好美《にしざわよしみ》と三人の名前がある。

住人がいい人たちだといいなと思っていると、佐伯が細い路地を走ってきた。傘は役に立たなかったらしく、かなり濡れている。

「あの、その、本当にすみません」

頭を何度も下げられると、さすがに文句は言いづらい。

樹は、「大丈夫ですけど、ちょっと寒かったです」とだけ答えた。

「で、ですよね。ほ、ほんとにすみませんでした。中に入りましょう」

佐伯は鍵を開け、ガタガタと音をたてて戸を引く。

「ど、どうぞ。スーツケースはとりあえず、玄関に置いて、平気……だと思います」

促《うなが》されるままスーツケースを持って中に入ると、カビ臭さと体臭が混じったすえた匂いが鼻をつき、樹は思わず息を止めた。

玄関は案外広く、畳二畳分ぐらいあった。上がり框《かまち》の正面の壁に据えられた金属製のラックに靴がむき出しのまま収納されている。1Aとか2Bなどと場所が区切ってあり、一人分は三足ぐらいしか入りそうにない容量だ。

スニーカー、ブーツ、パンプス。

コンクリートのたたきにも靴が何足か脱ぎ捨ててあるが、揃《そろ》えてある靴は一足もなかった。

「えっと、これを……」

佐伯が差し出したスリッパは使い古されたもので、足を入れるのが躊躇《ためら》われた。

「スリッパはいいです」

樹はショートブーツを脱いで揃えると、玄関をあがった。板張りの床はタイツだけの足の裏に冷たい。

佐伯は室内に続く障子を開けた。

「えーっと、この部屋がドミトリーになります」

まず目に飛び込んできたのは、右手にある二段ベッドだった。天井の低い部屋に無理やり押し込まれている。身体《からだ》を起こしたら上下段とも、天井やベッドの板に頭がぶつかりそうだ。このベッドには何も置かれていないので、空いているのだろう。

部屋は昼間にもかかわらず、電気を点《つ》けなければならないほど暗い。窓の前に二段ベッドが置かれているからだ。

ドミトリーと言うにはどうにも違和感がある和室だった。畳も表替えをしたのがいつかわからないほど傷んでいる。さらに、室内は外とほとんど変わらないのではないかというぐらい寒い。樹はコートを脱ぐのをやめた。

こんなところに果たして住めるだろうか。ルームシェアの経験はあるが、そのときは個室がちゃんとあったし、もっと部屋も広く綺麗だった。

しかし、家賃が安いのだから仕方ない、住めば都というではないかと思いなおす。入口の左側には、襖《ふすま》の取り外された押入れが改造してあり、三段になっている。はしごが端に立てかけられているので、ここも寝る場所のようだ。

仕切りのためにかけられた分厚いカーテンは閉まっていた。布地が濃い茶色の無地なのはティラミスハウスという名前にちなんでいるのだろうか。

中段のカーテンの隙間から光が漏れてくる。先ほど佐伯が呼び鈴を押しても誰も出てこなかったので、人の気配があることに驚いた。誰かいたなら、開けてくれても良さそうなのに。もしかして、性格の悪い人なのか。それとも、寝ていて気づかなかったのだろうか。

佐伯は、ティラミスハウスに人がいたことを気にしている様子はない。やはりあまり細やかにものごとに気づくタイプではなさそうだ。いまはただ、案内をするのに気を取られている。

「えっと、これ、押入れがベッドになっているんです。みなさん結構気に入ってくれるんですよ。ドラえもんみたいだって」

窮屈そうに見えるが、見た目よりも案外快適なのかもしれない。樹も幼い頃かくれんぼで押入れに隠れたときに、その狭さが妙に心地よかったことを思いだした。

「あ、えっと、こちら側のベッドは狭いので少し安いんです。その代わり、荷物がちょっと多く置けるんですよ。下の段が荷物置き場になってるんで」

値段が安いのはなによりだ。

「こっち側は空いてるんですか」

「あ、え、二つとも埋まってます」佐伯は即答し、部屋の奥に視線をやる。

「で、あ、えっと、あそこが居間と共有スペースになりますね」

「この部屋は、居間も兼ねているんですか」

「え、はい、そうですね。キッチンやシャワーブース、洗面所、トイレともつながっています」

つまり、しょっちゅう人の出入りがあって、プライバシーをほとんど守れないということになる。

「あの、個室は？」

「あっ、あの、二階です」

「個室は、高いんですよね」

「え、はい、四万五千円です。今は空きもないです」

小さく溜息を吐《つ》いて、ふたたび部屋の中をチェックする。

壁際のベッド横に洋服をかけるラックがあり、その隣には背の低い古びた箪笥《たんす》が並んでいた。味わいがあるといえば、ある。貴重品を入れるロッカーも一応あった。

「家具とかはそろっているんですね」

「えっと、はい。あの、シェアハウスになる前に住んでいた方の家具や食器、電気製品、つまり家財道具をそのまま使わせてもらっているんです」

誰かの使い回しというのは気になるが、食器などを始め、生活必需品を買わずにすむのは、大いに助かる。

箪笥の正面に低いちゃぶ台があって、そのあたりが居間ということのようだ。電気カーペットが敷いてあるが、だいぶ使い込んだ物なのか、カバーが毛羽立っている上にあまり清潔そうには見えない。

もはや視聴できないであろうアナログテレビ、年季の入った食器棚などがちゃぶ台の周りを囲んでいる。横には小さな窓があるが、隣の建物に光が遮《さえぎ》られていて、ここも薄暗い。

ちゃぶ台の上には食べかけの菓子パンの袋や、ドライヤーが置きっぱなしになっている。電源をとっている延長コードの差込みはタコ足状になっていて、さまざまな電気器具のプラグがささっていた。床には物が散乱し、鴨居《かもい》には洗濯したショーツがハンガーで干されている。

なんだか急に身体がもぞもぞしてきた。

「物干し場はないんですか？」

「あ、その。二階にあるのであとで案内します」

「洗濯機はどこにあるんですか」

「あの、えっと、この物件は洗濯機がないので、みなさんコインランドリーですね。下着とかは、えっと……手洗いしちゃってるみたいですし、そのう、干すのも下着なんかは室内のようですね」

干されたショーツはゴムがのびきり、しみがあるのに気付いた。樹はすばやく目をそらす。

「キッチンは？」

「あ、え、水回りはこちらですね」

四畳程度の居間の先に台所がある。人が二人立てるかどうかの空間にシンク、ガスコンロ、レンジ、棚、冷蔵庫が詰め込まれていた。

台所の隣はあとから備え付けたであろう狭いシャワーブースで、ネットカフェなどにあるものと同じタイプだ。そして洗面所横のトイレは、なんと和式だった。

佐伯は、全部合わせても十畳ぐらいの広さしかない一階をくまなく見せたあと、

「二階は、個室と物干しが」と言って、急勾配の階段を上がろうとした。

「物干し場は見なくてもいいです」

じゅうぶんだった。これ以上見たところで、印象が良くなるとは思えない。

「そうですか。じゃあ、えっと」

「ほかのシェアハウスに空きは？」

「ほかのハウスですか？　えっと、いま空いているのは、あの、ドミでも六万を超えるところだけで……その、あの、ご希望が設備費込みで三万円台でしたので……」

東京の家賃の高さは異常だ。一瞬、広島の実家の広々とした庭や八畳近い自分の部屋が頭に浮かんでくじけそうになる。樹は、無理やり颯汰《そうた》の笑顔を思い浮かべ、なんとか気持ちを持ち直す。続けて修学旅行や遊びで来た、東京の素敵な風景を頭の中に再現する。表参道の並木道、ミッドタウン、お台場、東京タワーにスカイツリー。

大好きな颯汰のそばで憧れの東京に住むのだからと、心の中で自分に言い聞かせた。

「えっと、今日は内見だけにしますか？」

トランジットを含めた長時間のフライトで疲れきっている上に時差ボケが重なり、あらたに都心に近い格安物件を探すエネルギーもなかった。それに、ほんの一ヶ月だけの仮の住まいだ。

そのあとは、颯汰と一緒に新しい住処を見つければいい。働き口が見つかれば、きっと綺麗なアパートだって借りられる。

どうしますか、と佐伯が不安そうな顔で見つめてくる。

「契約します」

樹の答えを聞いた佐伯は安堵した表情になった。慌てて「でっ、では、書類を」と、クリアケースに入った契約書をバッグから取り出してちゃぶ台の上に置く。そして電気カーペットの電源を点け、散らかっているものをちゃぶ台の端に寄せた。

樹は恐る恐る腰を下ろした。カーペットは薄汚れている上にほんのり湿っている。足が痒《かゆ》くなってきそうだ。

正座をして書類に記入した。寒さで足先の感覚がなくなってきていたので、その姿勢は辛かった。

「えっと、今日からでいいんですよね？」

樹は黙って頷《うなず》く。

「では、そのう、身分証明になるものを預からせてもらえますか。えっと、パスポートでも結構です。コピーしましたらすぐにお返ししますね。保証人はいりません。審査はすぐに通ると思いますけど」

「最短の契約は一ヶ月でしたっけ？」

樹はパスポートをリュックから取り出して佐伯に渡した。

「はい、今日からお家賃が発生しますので、一ヶ月分三万五千円、前払いでいただきます。礼金はありません。一万円の保証金は預かりますが、退去のときにお返しします。契約を延長する場合は、今月中にお知らせください」

いかにも暗記したという体《てい》で、契約や支払いの説明となると妙によどみない佐伯にかすかな苛立《いらだ》ちを覚えた。嫌味の一つでも言いたくなったがやめておく。いまはここに住む以外の選択肢はないのだから、さっさと手続きを終わらせてしまおう。それに足も痛い。

「布団は有料で貸してくれるんですよね」お尻をずらして座り直しつつ訊《き》いた。

「あー、えっと、今日は手配が無理ですね。それに、買ったほうがぜんぜん安いですよ。ネットだとすぐに届きますしね」

「Ｗｉ－Ｆｉ飛んでましたっけ、ここ」

樹のスマートフォンの契約は渡米前に止めてしまったので、Ｗｉ－Ｆｉのあるところでしか通信ができない状態だった。

「は、はい。えっと、審査が通ったらパスワードをお知らせしますね」

ただちにネット通販で注文するにしても、とりあえず今日は布団なしで夜を過ごすしかない。どうせプライベートな場所なんてないのだから、この電気カーペットのところにいればいい。

なるようになれ、と思いながら、書類の書き込みを続けた。

「もしもーし」

かけられた声で目覚めると、間近に見知らぬ顔があった。瞬《まばた》きを繰り返し、瞼《まぶた》をこする。外はすっかり暗くなっていた。

「ごめーん。よく寝てるから悪いと思ったんだけど、うちらここでごはん食べたいからさー」

すみません、と慌てて身体を起こした。

審査が通ったことで安心したら、いつの間にかちゃぶ台に突っ伏して眠ってしまっていた。コートも着たままである。

「あたし、小寺風香。ドミの1C。風ちゃんでいいよ。みんなそう呼んでるから」

そばかすだらけの顔で微笑《ほほえ》んだ風香は、小柄でおそろしく痩《や》せている。年齢はよくわからないが、髪がとても短くて、少年っぽい。

「古畑樹です」

「樹ちゃんかあ」

風香は、にっこりと笑う。人懐っこくて明るそうな人でほっとする。

「その人は、好美さんね。二階の個室」風香が台所に顔を向けた。

そこで料理をしている女性が「西沢好美です」と頭を下げたので、樹も会釈を返した。やつれた雰囲気で、明らかに樹より年上で老けているが、佇まいはどことなく上品だ。

「好美さんが豚汁作ってくれてんの。量に余裕あるから、樹ちゃんも食べる？」

「いいんですか？」

「やだなあ、樹ちゃん。敬語いらないから。本当は材料費分担なんだけど、今日は歓迎会も兼ねて、ただでいいよ」

「嬉しいー」

実は、お腹が極限に近いくらい空いていた。飛行機の中では酔ってしまって気分が悪く、ほとんど食事をとっていなかった。その後も成田からここに直行して、食べ物を口にする機会がなかったのだ。

「樹ちゃんは、なんか、女の子っぽいね。その白いコートかわいい」

「そんな。女の子っぽいなんて」

「いやいや、爪も綺麗だし、まつげも長いもん。だけどここに住むと、女子ばっかりなのに、逆に女子力下がるよー」

干された下着が目の端にちらついたが、同意はせずに笑ってごまかした。

「もしかしてホームページに騙《だま》された？ テレビの、リア充シェアハウスに影響されたとか？」風香がさらに言った。

たしかに話題になったシェアハウスの番組に感化されて、能天気にも多少期待していたところもないわけではないが、よく考えてみたら、あんな素敵なところは、相当の値段じゃなきゃ住めないのが現実だ。

「住むはずだったところが火事になってしまって、慌ててネットでここを見つけたの」

「大変だったんだね」

風香が言ったとき、押入れのカーテンが開く音がして、ジャージ姿の女性がベッドから出てきた。

おそらく樹より少し歳上の二十代後半かそこらだ。背が高く、がっちりとした身体つきをしている。胸元あたりまである髪をゴムでふたつに結んでいた。ジャージ姿のせいもあって、バレーボールかバスケットボールの選手みたいだと思ったが、顔がむくんでいて、肌も荒れている。あまり健康そうには見えない。

「さくらちゃん、この人、今日から新しく入った樹ちゃん」

風香が声をかけたが、さくらは表情のない顔で何も答えずにダウンコートを羽織《はお》って外に行ってしまった。なんとも感じが悪い。

風香は、肩をすくめて、またお弁当かーと、頭を振った。

「さくらちゃん、いっつもスーパーとかコンビニの弁当なの。あたしたちと一緒に作って食べればいいのにね。そのほうが栄養のバランスもいいし、お金も節約できるんだけど」

そう言うと風香は箸を並べた。

好美が豚汁と白米を盆に載せて運んでくる。豚汁から湯気が立っていて、樹は思わず唾を飲み込んだ。

味噌汁が恋しくなってオーガニックカフェでミソスープを飲んだことを思い出した。それは、だしをとっておらずただお湯に味噌を溶かしただけのもので、具も入っていなかった。そして、恐ろしくまずかった。樹はそのミソスープを口にしたときに、衝動的に「日本に帰ろう」と決意したのだった。

いただきます、と言うやいなや、豚汁に口を付ける。

「だしが効いてて、ほんとに美味しい」樹は、ふう、と息を漏らし、目を閉じた。

「顆粒《かりゅう》のだしだけどね」

好美が弱々しく笑った。生気がなくてさちが薄そうに見えてしまう。

「久しぶりに味噌汁飲んだから、感激」

「樹ちゃん、やっぱり海外にいたんだね。玄関にあったスーツケースにタグがついていたから、そうかなって思ったけど。どこにいたの？」風香が興味津々の眼差しを向けてきた。

「アメリカ。ニューヨークにいたの」

「ひゃー。かっこいいねえ。海外とか行ったことないから羨《うらや》ましい。どれぐらい？

ニューヨークで何してたの？」

「語学学校に三ヶ月通ってたの」

「いいなあー。向こうではどんなとこに住んでたの？」

「ダウンタウンでルームシェアしてた」

「へえー、外国人と？」

「あ、うん、そう」

そのあとも矢継ぎ早の質問が続き、いちいち答えていると、なかなか箸が進まなかった。

少々うんざりしかけたころに、引き戸が荒々しく開く音がして、さくらが戻ってきた。

「さくらちゃんもこっちで食べなよ」

さくらは風香の言葉を無視して押入れのベッドに入っていく。

「いつもベッドの中で食べてるんだよ」風香は樹の耳元で言った。

食事中、風香は次から次へとよく話した。しかし、好美は相槌《あいづち》程度で口数が少ない。

風香は樹のことを根掘り葉掘り訊きたがる。質問のたびに当たり障《さわ》りのないことだけ答えて、「風ちゃんは？」と返すと、自分のことを語ってくれた。

風香は舞台俳優で小さな劇団に属している。ここに住んで一年半で、まだ住み続けるらしい。出身は千葉。恋人はいない。年齢は二十四歳で、樹と同い歳だ。

樹は、食べ終わってもしばらく風香のお喋りにつきあっていた。いろいろとシェアハウスの決まりごとなども説明してくれるのだが、瞼が重くなってきてどうにもならない。しだいに風香の話す内容がよく聞き取れなくなってくる。

これ以上座っているのは無理だと思い、「シャワーを浴びようかな」と口にした。

「あ、そうだね。樹ちゃん、疲れてるもんね」

風香が言うと、好美が両手を合わせて、「ごちそうさま」と呟《つぶや》いた。自分の椀を重ねて持ち、立ち上がる。

樹も食器を持って立とうとしたら、風香に「今日はいいよ」と言われた。

「あたしたちが洗うから座ってていいよ。ごはん、これからも一緒に食べるでしょ」

「え？」

「三人だとさらに一人頭、安くあがるしね」

「毎食？」

「朝と夜ね。いらないときは事前に言うの。急にいらなくなったときは残しておく。材料費ってことで毎週お金払ってもらうね。買い物は土日や空いてる日に、行ける人が行くって感じかな。あ、でも好美さんは料理してくれるから、材料費少なめなの。メニューは好美さんにお任せ」

手作り料理を食べられるのは有難いし、節約にもなるが、食事のたびに風香のお喋りの相手をしなければならないのはしんどそうだ。それに、颯汰と食べることが多いだろうから無駄になってしまう。

「うーん、一緒に食事したいけど、時間が不規則になりそうだから」

「仕事？」

「まあいろいろ。それに、一ヶ月しかここにいないの」

風香はがっかりした顔で、そうかあ、と言って、樹と自分の分の食器を重ねて立ち上がった。

スーツケースを広げられるスペースは玄関しかなく、寒さと靴の匂いに耐えながら当面必要な荷物を取り出した。

スマートフォンをちょくちょくチェックするが、誰からも連絡はない。そもそも母親とぐらいしかまめに連絡をとりあっていなかった。地元の友達とは長い間音信不通だ。というか、連絡できるような雰囲気でもない。樹も距離を置いているし、向こうも樹と接しようとは思わないはずだ。

颯汰からのレスもまだない。きっと火事のことで右往左往しているに違いない。

空港から日本に到着して直ちに「成田についたよ」と颯汰にメッセージを送った。しつこく思われたくなくて、あっさりとした短い文面にした。颯汰も大変そうなので、負担になりたくなかった。

颯汰と出会ったのは、ニューヨークのセントラルパークだ。ニューヨークに着いて一週間目で、まだ語学学校のクラスの仲間にも馴染《なじ》めず、英語もぜんぜんわからない。学校に日本人女性もいたが、かなり年上で樹と違って上級クラスの人だったので、近づき難い感じだった。それだけでなく、ルームメートのルーマニア人留学生のマリアもそっけなくて、意思疎通がままならない。樹は孤独と不安で、早くもホームシックになりかけていた。

日本の家族に思いを馳《は》せつつ、ひとりで散歩をしていたら、颯汰の方から「日本人ですか」と声をかけられた。その笑顔に、救われたような気持ちになった。

世界中をまわっていろんな経験をし、いつかすごい小説を書きたい、そのために仕事を辞めてニューヨークに来たと目を輝かせて話す三つ歳上の彼に、樹はすぐに心を奪われた。

付き合うようになると颯汰は樹の部屋に転がり込んできた。幸いマリアは、自分のボーイフレンドが頻繁に出入りしていたこともあり、文句を言わなかった。颯汰と街へ遊びに出てミュージカルを観たり、ライブハウスに行ったり、ワシントンやボストンへの短い旅もした。颯汰と過ごしたアメリカでの二ヶ月間は実に楽しかった。

本当は半年いる予定だったが、颯汰が日本に戻ってしまうと、日々の暮らしは彩《いろど》りを失った。英語の習得にも身が入らず、日本が恋しくなり、樹も帰ってきてしまった。遊び回りすぎてお金が心もとなくなってきたというのもある。

衝動的に帰国を決めた樹は、「東京に来たら、俺のとこ住んでいいよ」という颯汰の言葉を頼りに、地元の広島に帰らずに東京に行くことにした。

語学学校の資金やニューヨークでの滞在費は親に出してもらっていたから、滞在半《なか》ばで実家に帰るのも気まずい。それだけでなく、地元には戻りたくない。また、樹は東京暮らしも一度はしてみたかった。

帰国を決めたものの、颯汰を驚かせようと、出発前日まで連絡せずにいた。

「明日の飛行機で東京行くよー」メッセージを送ると、すぐにレスが来た。

「もう帰るの？　東京のどこに住むの？」

　喜んでくれるかと思ったのに、レスの温度が低い。「俺のとこ住んでいいよ」と言ったことを忘れているのだろうか。ニューヨークでは颯汰が樹のところに居候《いそうろう》したのだから、東京では樹が颯汰の世話になるのも当然なのに。

「もちろん、颯汰のとこだよ。時間あったら、成田に迎えに来てね」

　樹はそのあと便名と成田への到着時間を打ち込んだ。

「ごめん。迎えには行けないんだ。実は、俺のアパート、火事になっちゃって。いまネットカフェにいるの」

　火事だなんて、そんな大変なことになっていたなんて知らなかった。優しい颯汰のことだから樹に心配をかけたくないとでも思ったのだろう。きっとそうに違いない。

「大丈夫なの？　いつ火事になったの？」

「先週だよ。だからちょっといま、バタバタしてんだ。とにかく、ごめんな。東京着いたらまた連絡して」

　颯汰をあてにしていたので、困ってしまった。慌ててインターネットですぐに住めるところを探した。物件は颯汰が火事になるまで住んでいたという下北沢の近くを中心に検索した。

すると井の頭線沿線を中心に女性専用シェアハウスを展開しているスイーツエステートのホームページに行き当たった。内見して審査が通れば当日から住めるらしいこともわかり、とりあえずネットで内見を予約して飛行機に乗ったのだった。

スーツケースを玄関から部屋に運び、ベッド下のスペースに押し込む。

身体が芯から冷えてしまった。こういうときは湯船につかりたいが、贅沢《ぜいたく》は言っていられない。とにかくまる二日あまり身体と髪を洗っていないのが気持ち悪かったので、シャワーを浴びることにする。

シャワーブースは狭かったし、よく見ると細かい黴《かび》が目に付き、ぬめりも目立ったが、熱い湯を浴びるのは気持ちよい。ニューヨークで住んでいたところはシャワーの出が悪かったから、勢いよく出てくるお湯で髪を洗えるのは心地よかった。

しかしそのうち、足元に湯が溜まってきた。

シャンプーの泡を頭につけたまま、シャワーを止めてしゃがむと、排水口に髪の毛がびっしりと詰まっていた。

なぜそれぞれが自分の髪の毛を取り除いておかないのかと怒りが湧いてきたが、とにかく、これを取り除かなければシャワーブースから出られない。

役に立つものがないかと見回すがこれといったものはなにもない。

樹は意を決し、素手のまま、髪の毛と溜まった汚物を取り除き、脱衣所のゴミ箱に捨てた。気持ち悪さと、濡れたまま裸でいる寒さで身体がぶるっと震えた。

ブースに戻り、ふたたびシャワーの蛇口をひねる。髪の毛と汚物を触った手をしつこいぐらいこすって洗う。いまは排水口からちゃんと湯が流れていき、ほっとする。

シャワーを出て部屋に行くと、テーブルでガラケーをいじっていた風香が、「さっぱりしたでしょ」と顔をあげた。

排水口のことを言おうかと思ったが、初日から印象を悪くしたくなくて、口にするのをやめておく。気がついた人がやればそれでことは穏便に運ぶのだから、ほんのわずかな間だから、と自分を納得させた。

「それ、みんなで使っているやつだから、どうぞ」風香は床に転がっているドライヤーを指差した。

「風ちゃん、このハウスの掃除は、誰がやってるの？　みんなで分担？」さりげなく訊いてみた。

「掃除？ ああ、スイーツの社員がやってるんだけど、適当なんだよね」

風香は視線をガラケーの画面に戻し、指を動かしながら答えた。

「社員が？」

どんくさい顔が頭に思い浮かぶ。

「佐伯さんも掃除してるの？」

佐伯さん？ と、風香がこちらを見る。

「ああ、その人、新しく入った社員だね。スイーツ、社員の入れ替わり激しいんだよね」

「仕事が厳しいの？」

「スイーツの社員は、契約の子もみんなハウスに住んで、管理だけじゃなくて掃除もするからきついのかもね。だけど、ここのハウスは誰もスイーツの人が住んでないでしょ。どうしてもほかのハウスより掃除が後回しになりがち」

掃除ももちろんだが、まずは片付けも必要ではないだろうかと部屋を見回し、鴨居にかかった下着に目を留めた。

樹の視線に気付いた風香が立ち上がって下着の干してあるところに行った。

「もうパンツないんだよねえ、乾いてるかなー」ショーツを手で触って確かめている。

「あ、樹ちゃんも干していいからね。このハンガーも、もともとあったやつだから」

樹はドライヤーを手に取りつつ、「うん、ありがとう」と一応答えたが、あのハンガーで部屋干しなんて絶対にありえないと思った。


すっかり夜も更けると、最後までテーブルにいた風香も押入れの上段のベッドに行き、樹だけが残された。布団がないので、ここにとどまるしかなかったのだ。

服を着込んで電気カーペットの上にいても、寒さは増してくる。首に巻いていたショールを枕に、コートを腰から下にかけて横になると、カーペットのぬくもりがじんわりと伝わってきた。

だが間近で見ると、カーペットカバーに無数の抜けた髪の毛が絡まっていて、息が止まりそうになる。それでも、背に腹は替えられない、と目を瞑《つむ》り、呼吸を整えた。

このさい清潔かどうかなんて、寒さに比べればささいなことだと思うしかない。

しばらくそのままでいたが、電気を点けたままなので、明るくて睡眠に入りにくい。

かといって立ち上がって照明を消す気力も残っていなかった。さらに時差ボケと慣れない場所にいることもあって、なかなか寝付くことができない。壁にかかった古時計の針は午前一時を指している。

スマートフォンが震えた。

「おかえり樹。いま、どこにいるの？」

颯汰からのレスだ。嬉しくて、飛び起きた。

「今日から明大前に住んでるの」

文字を打ち込んで返すと、颯汰からまたすぐにレスがある。

「樹に早く会いたいよ」

「私も颯汰に会いたい」

「明日はどう？」

颯汰と会う約束を交わして気を良くしていると、玄関の鍵が解かれ、引き戸が開く音がした。そして、三人の女性が部屋に入ってきた。そろいもそろってグレーや黒の服を着ていて、なんとも辛気臭い。

彼女たちは樹を見て、一瞬ぎょっとした顔になる。

「こんばんは」

樹が声をかけても、誰も挨拶《あいさつ》を返してこない。警戒しているのか、じっとこちらを見ているだけだ。地味すぎて年齢はわかりかねるがみなたぶん二十代から三十歳前後で、目つきが悪かった。

「あの、私、今日からここに住む古畑樹です。よろしくお願いします」

頭を下げても、三人のうちの一人だけが小さく頷いただけで、なにも答えない。顔を見合わせてそそくさと階段を上っていく。

樹はふたたび身体を横たえる。せっかく気分が上がったのに、とても不愉快だった。見知らぬ人が同居するシェアハウスに様々な種類の人がいるのは致し方ないとは思う。けれども、さくらも、今会った彼女たちも、ひとつ屋根の下で他人と暮らすのだったら、風香のように社交的にとまではなれないとしても、せめて表面だけでも感じよく取り繕うことはできないのだろうか。

天井から足音が響いてきて、騒がしい。さっきの三人が二階の個室、居間のスペースのすぐ上で動き回っているらしい。

夜は静かにするという共同生活の最低限のマナーぐらい守ってほしい。そもそも個室とはいえ三人で泊まっていいのだろうかと疑問に思いながら天井を見上げていると、寒気までしてきた。

エアコンのリモコンを見つけたが、かなり年代もののようで、クーラーの機能しかなかった。仕方なく、そばにあった電気ヒーターをつける。型が古いもので、これも前の住人が持っていたものだと思われた。

突然、ドン、と音がして、電気ヒーターが消えた。

なにごとかと飛び起きて立ち上がる。

照明も消え、真っ暗な部屋の中、二階の足音だけがやけに響き渡る。

シャッとカーテンが開く音がして、「それ。電気ヒーター切って」とさくらの低い声が耳に入ってくる。

樹は、暗がりの中、慌ててヒーターのスイッチを切った。

さくらが台所に入っていき、ブレーカーをあげた。すると、電気が点いて明るくなった。

能面のような顔のさくらが、目の前に来た。

「ヒーターと電気絨毯《じゅうたん》両方だとかなり電気くうから」平板な声で言い、天井を見上げてからベッドに戻った。

樹は、身体を横たえて丸めると、肩までコートをたくしあげた。颯汰に会いたくてたまらない。早く夜が明けて欲しい。

二階が静かになったと思うと、また足音がした。だが今度は細かく軽妙で、走るような足音だ。

聞き覚えがある。これはねずみだ、と気づくと同時に鳥肌が立つ。

樹は両耳を手でふさいできつく目を閉じた。

うとうととしていたら、二階から三人が下りてきて、気配で目が覚めた。まだ七時前だった。昨日と同様、警戒心が強い感じで、やはり樹に話しかけてくることもない。

彼女たちは台所で料理を始めようとしている。食卓を譲ろうと、樹は自分のベッドに行って、硬い板の上に座り、カーテンを閉めた。

会話が聞こえてくるが、それは日本語ではなく中国語のようだった。

樹は、下北沢に行くという風香とともに明大前駅まで行った。道すがら、風香はよく喋った。風香の属する劇団がいま取り組んでいる芝居について説明してくれる。

樹はタイミングを見て、「ねえ」と言葉をはさんだ。

「二階の個室に中国人がいるんだね。表札に名前がなかったけど」

「言ってなかったっけ。ワンさんだよ」

「昨日は三人で個室に入っていったけど」

「そうそう、三人で暮らしてるよね。ワンさん以外の二人は先週からいる。あの人たち朝も早いし夜も遅いからあまり目立たないけど、あれ、いくらティラミスに管理の社員が住んでないからってやばいよね。基本、契約した人以外泊まったらだめだから」

樹は、昨晩の足音を思い返し、またうるさかったら佐伯に告げ口してやろうと思った。

駅前で風香と別れ、スターバックスコーヒーに入る。

マクドナルドならコーヒーも安いのにと思うが、颯汰はスターバックスが好きで、ニューヨークでもよく二人で通っていた。颯汰はカプチーノ、樹はカフェラテ。いよいよ愛しい颯汰に会えるのだから、今日ぐらいは高いコーヒーを飲むのも良しとしよう。

スターバックスのフリーWi-Fiでスマートフォンをチェックすると、颯汰から
メッセージが入っていた。

「ちょっと遅れるから。俺の分も、いつものやつ注文しといて」

樹は颯汰のカプチーノも購入して、二階席で待った。

約束の時間を五分ほど過ぎて、颯汰が現れる。

無精ひげは剃《そ》ってしまっていて、さっぱりとした雰囲気になっていた。火事にあってネットカフェに寝泊りしているにしては、服もこぎれいだ。ニューヨークではもっと崩れた感じだった。颯汰の雰囲気が変わってしまったせいか、一ヶ月ではなく、もっと長く離れていたような気がする。

「まさか樹がこんなに早く帰ってくるなんてなー。しかも、東京来るなんて、びっくりしたよ」颯汰は目を細めて、優しく微笑んだ。

やっぱりこの笑顔は変わっていないと思うと胸がいっぱいになる。

「だけど、颯汰、大変だったね」

「うん？」颯汰は要領を得ない顔になる。

「火事になっちゃったんでしょ」

颯汰は、はっとしたように「そうそう火事」と頷く。

「参っちゃってさー」欧米人のように大仰に頭を左右に振ってから、カプチーノに口をつけた。

「どこのネットカフェにいるの？」

「え？」今度はきょとんとした顔になる。

「火事になったとこの近く？　下北沢？」

「あ、うん。そう、そうなんだ」颯汰は樹から目をそらす。

「ずっとネットカフェは辛《つら》いでしょ？」

「まあな。で、樹は明大前に住むんでしょ。いいじゃん。明大前も便利だよな」

颯汰は樹に視線を戻して微笑んだ。

「樹んとこ泊まらせてよ」

「シェアハウスだから、それはできなくて」

「シェアハウス？　男もいるの？」

ヤキモチを焼いているのだったら、すごく嬉しい。

「安心して。女性専用だよ。ティラミスハウスっていう可愛い名前なんだけどね

「……」

颯汰は「マジかー」と溜息交じりに言って、樹の話を遮り、「てことは、」と続ける。

「俺が紛《まぎ》れ込むのは無理だな。なんでまたシェアハウスに」

そう言いながら椅子に背を預けて足を組み、スマートフォンをポケットから取り出す。

「うん、急だったからとりあえず」

お金もなくて、とは言わないでおいた。

「樹と一緒に住みたかったのにな」スマートフォンをいじりながら言った。

「私も颯汰と暮らしたいよ」

「じゃあさ」と颯汰は、樹を見つめてきた。

「とりあえず二人でホテルとかに泊まるっていうのはどう」

「ごめん……いまあんまり余裕がなくて」

ホテル代を颯汰が出してくれるなら行きたいけど、と言おうとしたが黙っていた。

これまで、米国での小旅行などでも宿代を払ってくれることはなかったのだ。

「金ねえよ」というのが颯汰の口癖だった。だからなにかにつけ、樹がお金を出していた。

「そっかあ。残念だなあ」

颯汰は見るからに落胆した顔になる。そしてふたたびスマートフォンの画面に視線を落とし、スクロールを始めた。

「颯汰、私これから働くとこ探す。そしたら一緒に住むところを見つけて……」

「樹、ごめん、悪いけど」颯汰が樹の話を遮った。

「どうしたの」

急用ができてさ、と眉を寄せてすまなそうに続ける。

「ちょっと火事関係で。ほんとごめんな。また今度ゆっくり」

早口で言うと立ち上がり、自分のカプチーノを持って行ってしまった。背中を目で追ったが、こちらを振り返ることはなかった。

樹は朝からずっとカーテンを閉め切って布団に潜っていた。

「樹ちゃん。起きてる?」風香のささやき声が聞こえてくる。

「昨日からほとんどベッドにいるみたいだけど、具合悪いの? 風邪? 薬あるよ」

「あ、うん、大丈夫」

「よかった。心配してたんだ」風香の声が大きくなった。

「桜餅《さくらもち》食べない？」

昨日からほとんど食べ物を口にしていなかったので、その誘惑には勝てなかった。

「うん、食べようかな」

身体を起こし、カーテンを開けてベッドから出る。時刻は午後四時で、ベッドの中からほとんど出ないさくらも珍しく出かけていて、ティラミスハウスには風香と樹しかいなかった。

「なんか、昨日の夜、不審者騒ぎがあったんだけど、知ってる？」

「不審者？　知らない」

いつも夜は音がわずらわしいので、飛行機の中で使った耳栓をして寝ていた。

「うん、男がティラミスハウスの周りをうろうろしてたらしいよ。好美さんが後ろ姿を見たみたい」

もしかして、颯汰が自分を訪ねてきてくれたのか。

「男って、若い人？」

「ううん、ちょっと後頭部が薄かったっぽいから、中年じゃないかって」

「なんだ」がっかりしてつい言葉に出た。

「誰か訪ねて来る予定でもあるの？」

「そうじゃないけど」

「でね、不審者のことだけど、隣も空き家だし、不気味だから、あたしと好美さんでスイーツエステートの事務所に報告しといた。そしたら、さっき社長が様子見に来て、この桜餅をみんなにってくれたの。今日は雛《ひな》祭りだからだって。社長、気が利くよねえ」風香はティーバッグの日本茶を淹《い》れている。

「雛祭り……」

毎年実家に飾ってある雛人形が思い出され、両親に会いたくて胸が苦しくなった。けれども彼らはまだ樹がニューヨークにいると信じているのだから、当然ながら会いに行けるはずもない。

樹は地元の女子大を出て市内の小さな企業に勤めていた。そこの社長に気に入られ、秘書のような仕事をしているうちに、社長に食事に連れて行ってもらうようになった。特別に贔屓《ひいき》されているのは、ちょっとだけ得意だった。だが、そのうち社内で、樹が社長の愛人だと噂《うわさ》になっていった。たぶん、その噂には、ほかの女性社員の嫉妬《しっと》もあったのだと思う。実際は肉体関係などなかったのに、社長の奥さんにも疑われ、会社にいられなくなった。噂は社内にとどまらず、地元のほとんどの人の知るところになった。同級生の耳にも入り、樹は地元に居づらくなり、そこから逃げることに決めた。東京に出ることも考えたが、いっそのこと思い切って海外留学することにした。

英語を習うのは自分がステップアップするためだから留学させてくれと告げると、両親は渋々ながらも授業料と渡航費を出してくれた。もしかしたら、小さな医院を営《いとな》み、世間体を気にする両親にとっても、社長の愛人と噂された自分は厄介者だったのかもしれない。あるいは、両親も自分を疑っていて、不倫をするような娘が目障りだったのだろうか。いずれにせよ、愛人と疑われるような軽率な振る舞いをした樹に両親ががっかりしていたのは事実だった。

それなのに、留学先のニューヨークでは、生活費をほとんど遊びで使ってしまった。颯汰にもだいぶお金を貸したままだ。英語を習得すると約束して渡米したのに、まったく身になっていない。ましてや男に貢いでいたなんて、口が裂けても両親には言えない。だから日本に戻ってからも、ニューヨークにいるかのように装って母親にメールを送っている。

　事実を知ったら、両親はこれまでにも増して、樹をどうしようもない娘だと思うだろう。ただでさえ親の期待通り医師になった姉と比べられてきた。

　電気カーペットの上に座って風香と二人で桜餅を食べる。甘さが控えめの上品な味で、とても美味しい。こういうちょっとした気遣いが、弱った心には響く。

　涙がこみ上げてきた。

「樹ちゃん、どうしたの」

「なんでもない」言葉と裏腹に涙腺は決壊してしまっている。

　心の奥底では、わかっていたのだ。

　颯汰は自分を利用していたのだということを。

　お金が目当てだとうっすら気づいていたけれど、すべてを都合のいいように解釈し、ごまかしてきた。

　明大前のスターバックスで会って以来、颯汰からの音信が途絶え、メッセージを送っても、もう二週間近くいっさいレスがない。止めていたスマートフォンの契約を再開して、四六時中どこでもチェックしているというのに。

きっと、火事だというのも嘘《うそ》だったのだろう。いや、火事のことだけではない。颯太の話はどこからどこまでが本当なのか、あるいはすべてが嘘なのか、今となっては判別がつかなかった。

騙されていたのだと認めると、ニューヨークでの日々も虚《むな》しいものになる。

利用価値がなくなった自分は、颯太に見限られたのだ。連絡がないということは、つまり捨てられたということなのだ。

指でぬぐっても涙は次から次へと頬《ほお》をつたう。

感情が抑えられなくなってきて、しまいには嗚咽《おえつ》が漏れる。

「樹ちゃん、がまんしなくていいよ」

樹は声をあげて、泣き出した。

「ただ生きてくだけなのに、辛いことって多いよね」

風香はそう言って、樹の背中をさすってくれた。

風 香

小寺風香《こでらふうか》はコンビニエンスストアのドリンク棚の前で、発泡酒の銘柄を選ぶのに悩んでいた。

背後に人の気配を感じる。と同時に、押しのけられてよろめく。

風香を邪険に扱った若いサラリーマン男性はモルツの缶を取ると、ばたんとガラスの扉を閉めた。そしてこちらを一瞥《いちべつ》すらせずに、立ち去って行った。

舌打ちぐらいしてやりたいが、小さく溜息を吐くだけにとどめる。体勢を立て直してドリンク棚の扉を開け、手近にあった発泡酒数本とお茶のペットボトルを棚から取り出す。

それから菓子類のコーナーでチョコレートとスナック菓子を適当にみつくろってかごに入れ、レジに持っていった。

合計金額が三千円近くになり、支払いにためらった。いまこの千円札を三枚渡してしまうと、財布のなかにお札はなくなってしまう。あとで回収するにしてもこの出費は痛い。今月は、ノルマ分のチケット代を劇団に払い、さらに付き合いのあるほかの劇団のチケットも買っていたのでかつかつだった。バイト代が入るまでこの三千円と小銭だけで過ごさなければならない。

コンビニの店員は風香の支払いを待っていて、こちらを見ている。出し渋っているのを感づかれないように、素早くお札を出して会計を済ませる。それから、逃げるようにコンビニエンスストアから出た。

重いレジ袋をぶらさげて夜の住宅街の狭い路地を急ぎ足で歩く。

ついうつむきがちになっていたら、前方からライトがあたり、まぶしくなる。そして、「どけよ」と怒声が聞こえてきたかと思うと、自転車がかなりのスピードで横を通り抜けていった。

その場で立ち止まって息を整え、速まる心臓の鼓動を落ち着かせる。

こういう日もある、気にしない。祖母が好きだった水戸黄門の主題歌にも、人生は苦楽さまざまとあったではないか。

空を見上げるとオリオン座がくっきりと見えた。星を眺めていると、無性に寂しくなってくる。

祖母も空の星のひとつになったのだろうか。亡くなった祖母に会いたくてたまらない。

祖母に、オリオン座を教えてあげたとき、「あたしにはよく見えないけど、風香は物知りで賢いな」と褒《ほ》めてくれた。祖母はいつでも風香を称《たた》え、自慢の孫だと周りにも吹聴していた。

歌が上手、気立てがいい、美人だ、頭がいい。

祖母といると、自分はまんざらでもないと思えた。祖母は身長一五〇センチの風香よりもさらに小柄だった。日に焼け、皺《しわ》だらけの笑顔を思い浮かべると、胸が詰まり、涙がこみあげてくる。

「風香は笑っている顔が一番いい」祖母に繰り返し言われたことを思いだし、洟《はな》をすする。

風香は水戸黄門のテーマ曲のメロディを口ずさみながら、ふたたび歩き出した。

五分ほどで着いた軽量鉄骨のアパートは安普請のワンルームとはいえ、風香の暮らすシェアハウスに比べればずいぶんと立派だ。家賃はいくらぐらいなのかと考えながら外階段を上がる。

チャイムを押したが、誰も出てこない。

もう一度鳴らすと、しばらくしてドアが開き、部屋の主が出てきた。風香の属する劇団「ナンセンスシアター」の看板俳優、島田隼人《しまだはやと》だ。

彼は風香の手元のレジ袋に視線をよこすと、訝《いぶか》しげな表情になる。

「なにそれ？」

「さっき、追加の飲み物とつまみを買いに行ってくれって……」

「そうだっけ。俺そんなこと言ったかな。忘れてたよ」

隼人の後ろから、「だれー」という猫なで声とともにミカが現れた。ミカは風香を認めて、かすかに唇に嘲笑《ちょうしょう》を浮かべたように思えた。

「もうお開きになったけど。買い出しに行ってたの、気づかなかったー」

玄関から部屋を覗《のぞ》くと、ほかにもいた劇団員三人は帰ってしまっていた。

「片付けも終わってるし、帰っていいよ」

ミカはそう言うと、上目遣いで隼人を見る。その仕草は色っぽい。

ミカは風香より歳下だが、ずいぶん世慣れた感じがある。胸も大きく、男好きのする身体《からだ》つきだ。公演後に配るアンケート用紙の「気になった出演者」の欄でも、男性の観客から名前があがることが多い。一方、風香の名がそこに記されることはほとんどなかった。

「これ」風香は、レジ袋を差し出す。

「ビールもつまみも余っちゃってっから」隼人がいかにも迷惑そうに言った。

「でも……」

風香だって発泡酒や菓子はいらない。立て替えた代金が欲しかった。しかし、お金をくれと口にするのは憚《はばか》られる。

「それ、持って帰っていいよ」

風香はレジ袋を引っ込めたが、納得できずにそのままそこに立っていた。

「俺ら二人で、芝居のこと話したいからさ」

隼人は風香が帰るのを促《うなが》すように、な、とミカの方を向いた。

ミカはうんうんと頷《うなず》く。それから風香に対して、厄介払いをするかのように「じゃあねえ」と手を振って、ドアを勢いよく閉めた。

重い足取りで階段を下り、駅に向かって路地を歩いていると、目配せを交わしていた隼人とミカの顔が頭に浮かぶ。

別に隼人が好きなわけではない。あんなナルシシストな男なんて興味がない。だけど、自分という存在が他の人にとって軽いものであることが悔しい。

そもそも風香が買い出しに行っているというのに、宴会をお開きにしてしまうなんてあまりにもひどい。きっとほかの劇団員たちも風香の不在に気づいていなかったのだ。もしくは気づいていたけれど、気にならなかったということか。

存在感がないのは昔からだ。学校ではいじめにあうことすらなかった。高校時代、運動会の打ち上げでクラスメートとファミリーレストランに行くことになったときのことを思い出す。すでに介護が必要になっていた祖母の世話のため一旦家に帰ってから向かったら、もうそこにみんなはいなかった。連絡をとって二次会のカラオケボックスに向かうと、「いないことに気づかなかった」と言われた。だからいつも周りの友達に忘れられないか気にしていた。

家では五人きょうだいの上から三番目で、家族の中でも目立たなかった。そんな風香のことを重んじてくれたのは祖母だけだ。同じように小さな体格だった風香をことのほか可愛がってくれたのだ。

三月も終わりに近づき、やっと桜が咲き始めたとはいえ、夜はまだまだ冷える。春になったと油断して薄着をした身に寒さが沁みて自《おの》ずと早足になる。

井の頭線の車内は混んでいた。隣り合わせたスーツ姿の男性は酒臭いうえに、さっきから足元がふらついていて、風香の方に身体を寄せてきた。

ほとほと嫌気がさしてくるが、身動きができないのだから仕方ない。もうすぐ電車を降りられるのだからと、息を止め気味に、その状況に耐えていた。

しかし、明大前に着く直前、男性が急に「うっ」とうずくまったかと思うとその場で豪快に吐いてしまった。

咄嗟《とっさ》のことで逃げる間も場もなく、嘔吐物《おうとぶつ》が風香の持つレジ袋にかかる。

レジ袋を慌てて放すと、それは音をたてて床に落ちた。

風香は座り込んで吐き続ける男の横にレジ袋をそのまま残し、後退《あとずさ》りをして男から離れた。乗客はみな彼と距離をとり、ぎゅうぎゅう詰めの車内のなか、男の周りだけ不自然な空間ができる。

なんて、ついていない日なのだろう。

明大前駅の改札口を出ると一刻も早く帰りたくて、ほとんど走るようにしてティラミスハウスへと向かった。

明かりの点《つ》いた自分の住処に戻ると、ようやく気持ちが落ち着いた。

時代から取り残されたかのようなティラミスハウスの佇《たたず》まい、中のさびれた様子、古い家具一式。すべてが祖母の住んでいたはなれの一室と似ていて安心する。

「ただいまー」小声で言いながらドミトリーに入る。

「おかえりー、風ちゃん」

樹《いつき》がちゃぶ台のところでスマートフォンをスクロールしていた。彼女は当初一ヶ月だけティラミスハウスにいる予定だったが、延期して滞在している。

詳しくは語らないが、大失恋をしてしまったようだ。まだまだ傷は癒《い》えていないのか、夜中にベッドからすすり泣きが聞こえてくることがあっていたたまれない。

風香はなにかと樹に声をかけるようにしている。樹も風香に少しずつ心を開いてくれているように思う。なによりこうして帰宅したときに「お帰り」と言ってくれるのは嬉しかった。

「なに見てるの」近づいていき、腰を下ろす。

「求人探してた」

「こないだの面接は？」

「だめだった」樹が肩を落とす。

「だいじょうぶだよ、樹ちゃんならすぐに仕事見つかるよ」

慰《なぐさ》めたが、樹はこぶりな口をとがらせて頭を振る。

「やっぱり正社員は無理なのかな」

「バイトの方がすぐに見つかるかもね。樹ちゃんはかわいいから、飲食店の接客とか、いいんじゃない？」

「そうかなあ」

首をかしげる樹の仕草は愛らしくて、同性の風香でもどきりとする。こんな子をふるなんてどうせろくな男じゃないだろうと思った。

元来風香は男が苦手だ。というより、男は風香を女として見てくれない。いつも粗末に扱われていたような気がする。他の女がちやほやされるのを見てばかりいると、どうしても卑屈にもなるし、男というもの自体が苦手になる。

だから女ばかりのシェアハウスは風香にとって居心地のいい場所である。ティラミスハウスでは、風香が古株なので、普段の生活においても樹のようにいろいろ頼ってくれる人がいる。そうすると、生活に張り合いが出る。ここでは風香の存在が忘れられることはないのだ。

そのとき、ワンたち三人の中国人が帰ってきて、樹とのおしゃべりが途切れた。

「ワンさん、来週ゴミ出し当番だからね」

階段を上がろうとするワンの背中に声をかけると、彼女は振り向いて軽く頭を下げた。

三人の姿が見えなくなると、入れ替わるように好美《よしみ》が二階から降りてきた。

「風ちゃん、申し訳ないんだけど、今日の買い出しの……」

「あ、そうだ、今日だったんだよね。一人で行かせてごめんね」

「樹ちゃんも一緒に行ってくれたので……」

そうだった。先週から樹もごはんを一緒に食べることになったのだった。

「それで、悪いんだけど、買い出しのお金をいまもらってもいい?」

好美は遠慮がちに声を落として言った。

「あ、うん」

そう答えたものの、財布の中には小銭しかない。コンビニで買ったものの代金を隼人から回収できなかったのが悔やまれる。

「いくら？」

「ひとり二千二百七十四円なんだけど」

金額が足りなくて払えない。

「ちょっと、コンビニでおろしてくる」

風香がそう言うと、好美は、「あ、ごめん、いいよ」と恐縮した。

「気にしないで。今すぐじゃなくても、いつでもいいからね」立ち上がって部屋に戻ろうとする。

「こっちこそごめんね、明日おろして渡すね」

みんなぎりぎりで生活しているのに、負担をかけてしまうことが申し訳ない。

好美が二階に上がると、樹が「私も寝ようかな」と呟《つぶや》いた。

風香は樹を引き止めたくなった。このままひとり残されるのは、ちょっと惨《みじ》めなような気がしたのだ。

「樹ちゃん、そういえば、スイーツエステートのイベントがあるんだけど、知ってる？」

「どんな？」

「なんか築地市場に行くんだって。お寿司食べるみたい。スイーツの社長、女性なんだけど、ほかのシェアハウスに住む人たちともコミュニケーションがとれるようなイベントをよく企画してくれるんだよね。クリスマスパーティも楽しかったよ。そういうイベントがあると、社長ったら、あたしに人集め、頼ってくるんだよね」

「へえー」

樹は強い興味を示したようで、目を見開いた。

「イギリス人の住人もいるから、英会話の勉強にもなったりして。樹ちゃんはしゃべれるからいいよね」

「そうでもないの」

こうして謙遜《けんそん》するところも樹が人に好感を持たれる理由だろう。樹は服もおしゃれだし、全体的に育ちの良さを感じる。綺麗好きで、ティラミスハウスでもまめに片付けたり、掃除したりしている。

だけど、彼女のような女の子がこのシェアハウスにいることはそぐわないような気がする。きっと、よっぽどの事情があるに違いない。

そう思うとやはり樹のことは気にかけてあげなければと思う。

「その、築地行きはいつなの？」

「確かゴールデンウィークのあとぐらい。台所の掲示板に案内があるよ」

ちょっと贅沢《ぜいたく》だけどその頃ならバイト代も入っているだろうし、風香は参加するつもりでいた。というより、実質ティラミスハウスの代表である自分が欠席するわけにはいかない。

「行ってみようかな」

「ほんと？」

「うん。築地でお寿司なんて、すごいよね。楽しみ」

瞳を輝かせて答えた樹の顔を見たら、気持ちが満たされていくのだった。

翌日も遅くまで劇団の練習とミーティングがあった。こんな小さな劇団でも、やはり役者としての資質が浮き彫りになるとつくづく思う。隼人とミカが演じる姿を見ていると、彼らは印象に残る類《たぐい》の人間なのだと認めざるを得ない。

風香は演技をするたびに、自分の才能のなさを実感する。与えられるのは脇役ばかり。だれかの引き立て役にしかなれない存在。今回も小学生と老人の二役で、セリフは両手で足りるほどである。華がないのは俳優として致命的だというのもわかっている。

劇団仲間といると、夢を持って生きていけるのは、ある程度自分になにかがあると確信できる人だけなのだと思う。自分のように何の取り柄もなく、かつ自信のない人間は、かすかな希望にすがりつく振りをして、毎日をごまかしてやり過ごしていくしかない。

それでもせめて作られた世界で束の間、別の自分になりたい。現実から目を逸《そ》らせたい。俳優を辞めたくはない。

練習を終えて風香はまっすぐにアルバイト先のカラオケボックスに向かった。深夜から朝にかけてのシフトに入っているのだ。

モニター画面越しにいちゃいちゃしたカップルを見ると、今日はいつも以上にムカついた。終電を逃しても楽しげに歌い続けるOLやサラリーマンたちからの注文に、そっけない対応になってしまう。いっそのことみんなに対して、馬鹿、うるさい、と声に出して言ってしまいたいくらいだ。

幸せかどうかは人と比べても仕方ない。ずっとそう言い聞かせてきたけれど、自分はいま世界で一番不幸なのかもしれないと思えてくる。

そうやって悶々《もんもん》としていると時間が過ぎるのは遅く、朝六時、アルバイトを終えた頃にはすっかり憔悴《しょうすい》してしまっていた。どうにかティラミスハウスに辿《たど》り着き、自分のベッドに入るとすぐに瞼《まぶた》を閉じた。

電子音とともにガラケーが震えて目が覚めたが、身体が重くてなかなか起き上がれなかった。そのままでいたら眠りにまた誘われ、ふたたびガラケーの振動と音で意識がもどる。

下のベッドから舌打ちに続き「うるさいな」というさくらの声が聞こえ、慌ててガラケーの目覚まし機能を解除した。

頭を振って身体を起こし、ベッドの外に出ると、居間にはすでに朝食が用意されていた。トーストと、インスタントコーヒーで作ったカフェオレがちゃぶ台に並んでいる。

「おはよう風ちゃん、卵いる？」樹が台所から朗らかな顔で訊《き》いてきた。

「あ、うん、今日は食欲ないからいいや」

ちゃぶ台の前に腰を下ろしながら答えると、好美がトマトを載せた皿を運んできた。

「風ちゃん、ほとんど寝てないんでしょう。大丈夫？　すごくハードだよね」

樹は心配そうに目を見開いて風香の顔色を窺《うかが》った。大きな瞳がさらに大きくなって、彼女の魅力が増している。

「うん、大丈夫。今日も稽古あるし」

無理に笑顔を作って答えた。ここ、ティラミスハウスでの小寺風香は明るく感じよくありたい。

「夏の公演、私も観に行くね」

樹は言ってくれたが、端役なので、あまり見られたくない気もして複雑だ。

「そんなに面白くないかもしれないけどね」

「コメディなんでしょ？」

「そうなんだけど、笑わせるというより、笑われる感じで、なんというか、ドタバタしてて」

風香が一年半前にこの劇団に入ったのは、以前アルバイトをしていた下北沢の居酒屋で劇団員募集のチラシを見たからだった。下北沢の劇団ならどこでもいいと、とりあえず受けてみたら、すんなり合格した。けれども風香は自分の属するナンセンスシアターの笑いのセンスがいまだによくわからない。当然、あまり愛着もないのだった。

「練習もバイトも大変そうだよね、ほんと」

「うん、まあ、劇団員は仕方ないよ」

「風ちゃん、身体に気をつけないと」好美が珍しく口をはさんだ。

「これ食べたらまたちょっと寝るから平気だよ」

好美の方を見て答えたとき、買い出しの料金を未だ払っていないことを思い出した。

「あ、好美さん、まだお金おろしてないの。食べたら銀行行ってくる」

「私、すぐ出かけちゃうから」好美が薄く笑う。

風香は面目なくて「ごめんね」とうなだれた。

「風ちゃん、私がお金たてかえるよ。財布持ってくるね」

樹が立ち上がろうとするのを「いい、大丈夫だから」と制した。樹に払ってもらうなんてとんでもないことだ。

「好美さん、今日絶対払うからね」

「そんなに気にしないでいいって」

好美はカフェオレを飲み干すと、トーストにもトマトにもほとんど手をつけずに席を立ったのだった。

JR外房線はホームが離れていて東京駅での乗り換えが面倒だ。千葉県という東京のすぐ隣の県に帰るのに、とてつもない僻地《へきち》に行くような感覚になる。

行ったことはないが、新幹線や飛行機が発着する地方の大きめの都市の方がよっぽど文化的なのではないだろうか。中途半端に東京に近い千葉の田舎町には、魅力的なものなどありはしない。

茂原《もばら》駅で降り、実家に向かうバスの窓から見える風景は懐かしさよりも、嫌悪感をむしろ掻《か》き立てる。

活気のないパチンコ店、無駄に大きいドラッグストアやスーパーマーケット、レンタルショップやユニクロ、あるいはホームセンターが並んだかと思うと突然田んぼや畑ばかりになり、時折コンビニがぽつんと現れる。そんな景色は、友達も少なく、いつもひとりでいた思い出と重なり、耐え難い。

唯一特徴的なのはテニスコートがたくさんあることだ。特にいまはゴールデンウィークのさなかとあって、大学のテニスサークルの新歓合宿などで、普段では考えられないほど町が人で賑《にぎ》わっていた。そのほとんどが東京から来ている。

風香の実家もテニスコートつきの民宿「こでら」を営《いとな》んでいた。

テニス合宿に来ていた母親が怪我をしたとき、風香の父親が車で病院に運んであげたことがきっかけで親しくなり、交際を始めた。年齢が十五歳も離れていた。母はやがて大学生ながらも妊娠してしまい、二人は結婚した。それから母はこの地で三人の娘を産んだ。風香は末っ子だった。

しかし、風香が五歳のときに両親は離婚し、母は娘三人を置いてひとりで出て行ってしまった。それからは一度も会っていないし、居所も知らない。

もともと東京の世田谷出身だった母には、九十九里の田舎町がまったく合わなかったのだろう。スーパーでなにを買ったかがすぐに近所の人の口にのぼるような閉塞《へいそく》した人間関係はさぞ煩《わずら》わしかったに違いない。

しかし、風香は母が自分を置いていってしまったことがずっと納得できなかった。

祖母が可愛がってくれたことで普段その思いはどうにか紛《まぎ》れていたが、母の面影をずっと引きずっている。

父は母と別れた後十年ほど独り身だったが、同じ千葉出身の三十代の女性を後妻とした。だから風香には歳の離れた腹違いの弟と妹がいるが、新しい母親を中心とした家庭に馴染《なじ》めず、祖母の住むはなれに入り浸《びた》りだった。姉二人は高校を出るとすぐに東京に出た。すでに所帯を持っていて子供もいる。

バスを降りると、潮の香りが鼻をくすぐる。風香の実家は海から二〇〇メートルほどしか離れていない。祖母の晩年、車椅子を押してよく海岸を散歩したことが思い出され、胸が苦しくなる。祖母の世話は風香がおもにしていたのだった。

まずは祖母の仏壇に線香をあげようと、駅前で買ってきた花を携えてバス停から五分の実家に向かう。

「こでら」の敷地内に入って驚いた。民宿とその奥にある本宅が綺麗にリフォームされている。しかしいくら目を凝らしてもはなれはなく、代わりに夜間用のライトが設置された見たことのないクレーのテニスコートがあった。

風香は民宿に入り、まっすぐキッチンに行った。

「なんだ、風香。遅いじゃないか」

宿泊客の夕飯の仕込みに忙しい父が声をかけてきた。風香はゴールデンウィークに人手が足りないからと父に請われて帰省したのだった。

「どういうこと？　はなれが……」

風香にひとことも告げることなく、勝手にはなれを壊されたことが許せない。身体が震えそうになる。

「ばあちゃんの三回忌もまだなのに」

「あのままはなれを置いておいても仕方ないからな。それより、そんなとこにつったってないで、早く手伝ってくれよ」

それより、って、なんだ。大事なことなのに、簡単に片付けないで欲しい。

「そうよ、風香は好き勝手に暮らしてるんだから、たまに帰ってきたときぐらいめいっぱい手伝ってよ」

継母が顔を出し、嫌味たっぷりに言った。この人の下品な顔がやっぱり嫌だ。

風香は、奥歯を強く嚙み締めたあと、怒りを飲み込むように息を大きく吸った。

「ばあちゃんの仏壇にお花供えてくるから」そう言ってキッチンから離れた。

本宅に行き、客間の仏壇の前に立った。仏壇は閉じられていて、花はおろか、ろくに供え物もなかった。

花を供え、線香に火を点けて座ると、写真の中の祖母が優しく微笑《ほほえ》みかけてくる。

風香は手を伸ばして祖母の写真と位牌《いはい》を手に取ると、自分のカバンの中にしまい、立ち上がった。

民宿には戻らず、玄関を出て駅行きのバスに乗った。手伝うなんてまっぴらごめんだ。もう、ここには戻るつもりもない。風香はカバンを抱えて、母が小寺の家を出たときの気持ちに想いを馳《は》せた。

風香の記憶のなかの母はほとんど叱《しか》ることもなく優しかった。髪が長くてとてもいい匂いがした。東京で一緒に演劇を観たことも覚えている。そのときもらったパンフレットが残っていて、下北沢の劇場だったこともわかっていた。

風香は母がいつか自分を見つけてくれるのではないかと期待している。

祖母が死んだ後、東京に出て世田谷の下北沢で公演する劇団に入ったのも母が演劇好きだったのではないかと憶測しているからだ。ひょっとしたら風香の名前を見つけて公演に来たり、会いに来たりしてくれるかもしれない。あるいは、世田谷出身の母と、どこかでばったり会ったりするかもしれない。

ぼんやりと車窓を眺めていたら、この間の公演でさんざんだった自分の失態が思い出された。セリフは少なかったのに、急に失念してしまったり、へんな間が空いてしまったりして、ずいぶんと演出の人や主演の隼人に責められたのだった。

やはり自分は俳優には向かない。

嫌というほどわかりきっているが、演劇をしなくなったら東京にいる意義もなくなってしまう。祖母も亡くなり、はなれまでなくなった実家には絶対に帰りたくない。茂原駅に着く頃にはすっかり日も暮れていた。風香はティラミスハウスに早く帰りたいと強く思うのだった。


ティラミスハウスの玄関前で樹が出てくるのを待っていた。ほとんど化粧もしないうえに、服にもこだわりのない風香と異なり、樹は身支度に時間がかかる。

五月の空は晴れ渡り、隣の家の生垣には新緑とともにツツジの花が鮮やかだ。だが、風香は景色を楽しむ余裕もなく、ガラケーで時刻を気にしながら、玄関の引き戸を開けて、中の様子をたびたび窺った。

なかなか出てこない。

「樹ちゃん、はやくー」

声をかけると、ちょっと待って、と答えが返ってきた。だが、そのわりには、なかなか出てこない。


こうして急《せ》かさなければならないなんて、世話がやける。樹に限らず、ティラミスハウスのみんなは、自分が気にかけているからこそ、快適に暮らせているし、住人同士のトラブルだって起きないのだ。ワンたちが三人で住んでいることだって大目に見てあげて、スイーツエステートには告げ口せずにいる。ゴミ出し当番だって風香が決めている。めまぐるしく住人が入れ替わるなか、風香が仕切っていることでティラミスハウスの秩序が保たれていると思うと、自分が必要な人間だと信じることができた。

引き戸が開く音がして、ようやく出てきたとほっとしたら、目の前には樹でなく、さくらがいた。

見慣れたジャージ姿と違ってスーツを着ている。髪もひとつにまとめていた。さくらは確か失業中だが、面接かなにかだろうか。

「さくらちゃん、出かけるんだね」

話しかけたが返事はないうえ、風香と視線を合わせることもない。

「あたしは樹ちゃんと、築地ツアー。さくらちゃんも今度スイーツのイベント一緒に行こうよ」

さくらは、ふん、と鼻を鳴らし、「それって」と小馬鹿にするような調子で言葉を吐いた。

「こんなぼっろいシェアハウスに住んでて、築地で寿司とか、パーティとか、リア充ぶってバカみたい」

「え？」

「買い出しのお金もすぐに払えなかったのに、見栄張っちゃって」

さくらは言い捨てて行ってしまった。

風香は、一瞬、意味がよくわからず、ぽかんとしてさくらの背中を見送っていた。

だが、さくらの姿が遠ざかるにしたがって、むかむかとしてきた。

もう二度とこっちから声をかけてなんかやらない。

辺りをうろうろと歩き回り、生垣のツツジの花をむしる。猛烈に気分が悪かった。

「見栄張っちゃって」という言葉が頭にこびりついて離れない。

見栄ぐらい張らないと生きていけないじゃないか、と心のうちで呟く。それに、スイーツエステートのイベントは、普段の苦しい生活を忘れさせてくれる貴重な場なのだ。

すると、生垣越しに、隣家の物陰から風香を見ている男と目が合った。白いシャツに灰色のパンツを穿《は》いた、中肉中背の中年の男だ。目つきは鋭く、肌は浅黒い。とがったあごが特徴的だ。

男は、とっさに目をそらし、踵《きびす》を返して行ってしまった。

もしかして、好美が見た不審者だろうか。なぜこのティラミスハウスの周りをうろうろしているのだろうか。

まさか、あの人は探偵で、母が自分を探してくれているのだろうか？　そうだとしたら、嬉しい。けれども、そんなことがあるのだろうか。母はこれまで一度も連絡してこなかったのだ。

いや、劇団のチラシを見て、風香の名を見つけてくれた可能性だってゼロとはいえない。

ほのかな期待を胸に、母の顔を思い浮かべていると、樹がやっと出てきた。

「ごめんね、待たせちゃって」

「あ、うん、いいよ」

約束の時間ぎりぎりになってしまったので、早足で駅に向かう。樹はスイーツエステートの磯野《いその》社長と会えることが楽しみのようで、「どんな人かな」と呟いた。

「ホームページではできる女、って感じだよね」

樹はそのあと、「ホームページはあんまり信用できないけど」と付け加えた。

「本物も、すごくかっこいいよ」

風香はクリスマスパーティで初めて磯野社長に会ったとき「演劇がんばってね」と声をかけられた。磯野社長はまだ三十代半ばだというのに、自分で会社を立ち上げ、業績も伸ばしていた。きりっとしていて、頭が良さそうだった。ホームページでも「女性が夢を実現したり、社会で活躍したりするための手伝いをしたい」と述べていて、その志に感動した。

電車を乗り継いで大江戸線築地市場駅で降りた。地上出口で磯野社長と佐伯《さえき》が待っていた。

社長はパンツスーツ姿で颯爽《さっそう》としていて、堂々としてみえる。仕事のできる女性という雰囲気そのものだった。

対して佐伯はというと、社長の横でおどおどしていて、その様子を見ているとやけにいらいらとさせられる。いかにもどんくさそうであまりいい印象を持てない。まるで、学生時代にまわりの友達にいつもびくびくしていた自分みたいだ。劇団では要領が悪く、ほかの劇団員に軽んじられている自分にも似ていた。しかもそのどんくささが風香よりも上回っていて、佐伯の場合は風香と違って逆に存在感があるのも癪《しゃく》に障《さわ》る。

社長は樹を上から下までじろじろと見て、品定めをするような態度をとっていた。

「ニューヨーク帰りの古畑《ふるはた》樹さんね。社長の磯野です」

社長は樹に名刺を渡した。風香はもらっていないので、ちょっと羨《うらや》ましい。

「あの、私は名刺とか持ってないんですけど」

樹が恐縮していると、社長は「いいの、いいの」と微笑んだ。

「シェアの子たちは、いちおうみんな把握してるから」

シェアの子たちという言い方にはなんとなく違和感を覚えた。子、っていうのはずいぶん上から目線の物言いのような気がする。

「あ、佐伯ちゃん。先に店に行って、並んでて」

社長が命令口調で言うと、佐伯は「はい」と弾かれたように返事をして市場の方に走って行った。

そこに永福町のマカロンハウスの住人が現れた。おとなしそうな三十歳前後の女性とそれよりちょっと若い感じの女性だ。とりあえず、その場のみんなで自己紹介をしあった。

吉祥寺のジェラートハウスの女性がそれから十分ほどしてやってきて、遅刻を詫《わ》びた。こちらはたぶん風香と同世代ではつらつとして元気な印象がある。アニメーターをしているそうだ。

「じゃあ揃《そろ》ったから行きましょうか」

社長は総勢六名の先頭に立って歩き始めた。

「ホームページはちょっと疑ってたんだけど、社長、ほんとにかっこいいね」樹が風香の耳元で囁《ささや》く。

「言ったとおりでしょ」風香は得意になって答えた。

午前十時という早い時間から寿司を食べようというこのイベントは、費用が高いこともあってか、参加者はいつものイベントより少なかった。

風香は築地市場の場内に足を踏み入れたのは初めてだった。たくさんの人が行き交い活気があるが、働いているのはそのほとんどが男性だった。外国人観光客も多くいる。

きょろきょろとしていた風香は、魚を運ぶカートのようなものにぶつかりそうになって怒鳴られた。冷や汗が出る。

なんとか目的の寿司屋に着き、中に入った。社長が選んだのは、十人も入ればいっぱいになってしまうような店だった。

店内には市場の仕事を終えたらしき男性が二人いたが、佐伯が先に並んでいてくれたおかげで、全員が席に着くことができた。

カウンターに女性七人がずらりと並ぶと、先にいた男性二人は露骨にこちらを眺めた。こういう視線は本当に苦手だが、その二人は決して風香に視線を留めることはなかった。おもに端正な顔立ちの社長や可愛らしい見た目の樹に目をやっている。

風香は樹と社長の間にはさまれて座った。

目の前で風香とあまり年齢の変わらないであろう板前と、五十歳前後の大将が寿司を握ってくれる。

「なんの集まりですか？」

板前が、樹に話しかけている。樹は、「えっと」と言って返答に詰まり、社長の方を向いた。

「なんの集まりに見える？」

社長が逆に質問すると、板前は「そうですねー」とみんなの顔を見回した。

「若いから幼稚園のママ友かなんかですか？　最近多いんですよね。いや、でもそういう感じでもないか。なにかの習い事のメンバーとか？」

「実はね」社長はもったいぶってそこで言葉を区切った。

「私がオーナーをしている会社の運営するシェアハウスに住んでる子たちなの」

社長は誇らしげに説明したが、板前は「へえー、そうなんですか」と反応が薄かった。

「シェアハウスって、洒落《しゃれ》てますね。最近流行《はや》ってますよね」大将が気を遣って言葉をはさんだ。

「うちは、そういう流行りのとは違って、女性のためを思って、いろいろと熟慮してやってるんですよ」

「ほほう、それは立派ですね」

大将のいかにもリップサービスの言葉にもかかわらず、社長は満足げに頷いた。

そこで会話が途切れたままでいるうちに、順番に寿司が目の前に置かれた。ナンセンスシアターの公演のチケット代と同じ三千円のお任せコースは、ウニやイクラ、ヒラメ、中トロなどのネタがひとつの皿に盛られている。

「美味しそう」「すごーい」「感激」などと歓声があがった。社長はスマートフォンで寿司の写真を撮っている。それに倣《なら》って何人かも撮影した。

「いただきまーす」口々に言ってそれぞれが寿司を食べ始める。

風香もまずは中トロを口にした。こんな豪華な寿司は初めてだった。とろけるようにやわらかく味の濃い中トロに感激し、言葉が出ない。しばらくみんな無言に近い状態で寿司を味わう。

「美味しいね。築地でお寿司なんて贅沢だよねー」

樹が同意を求めるように風香に話しかけてきた。答えようとしたら社長が「樹ちゃんは」と割り込んでくる。

「ニューヨークではお寿司食べた？」

「日本食は人気があるので、お店もいっぱいあるんですけど、ちょっと高くて、食べたことは一度しかありません。味もイマイチでした。こんなに美味しくないです」

「そりゃあここは場内だからね。お客さん、ニューヨークにいたんですか」板前も話に加わる。

「はい、三ヶ月だけですけど」

「自分、いつか海外で寿司握りたいんですよね。ニューヨークかあ。憧れるなあ」

板前はさっきから樹のことを熱い視線で見つめていた。

そのうちほかのみんなも樹にニューヨークのことなどを訊き始め、食べ終わったあとも和《なご》やかな雰囲気で会話が弾む。樹は誰の質問にも丁寧に答えていて、まるでその場の中心人物であるかのようだ。しかし風香はうまく話に加われず、終始黙っていた。

社長も言葉が少なかったが、お茶を飲みながら、私もね、と話に入っていく。

「海外はいろいろ行ったなあ。ニューヨークももちろんだけど。あ、パリのお寿司はまあまあだったわよ」

大将が「そうですか」と取ってつけたように合わせたが、ほかの人は誰も社長に質問することなく、そこで会話が途切れてしまった。

「ほら、他のお客さんが待ってるから、そろそろ出ないと」社長が少し刺《とげ》のある口調で言いつつ席を立った。

社長はきっと樹が注目を浴びたのが気に入らないのだ。劇団にも同じようなタイプがいる。隼人がいい例だ。いつでも自分が中心でないと気がすまないという種類の人間だ。

風香は、社長を見る目がこれまでと変わっていくのに気づいていた。なんだか、気に食わなく見えてくる。

社長は素早く代金を支払う。佐伯もそれに続く。

風香も立ち上がった。会計を済ませているとき、「また来てくださいね」と板前が樹だけに言ったのを聞き逃さなかった。

自分なんかいてもいなくても同じだ、と思い知らされる。沈んだ気持ちで寿司店を出て、残りのみんなが店から出てくるのを社長と佐伯と一緒に待った。

手持ち無沙汰に辺りを観察すると、すぐ横の店で和菓子を売っていて、人気があるのか、店頭に並べてあるものが次々に売れていっていた。

すると不意に社長が財布から五千円札を出し、佐伯の手に持たせた。

「佐伯ちゃん、いちご大福のパックを三つ買ってくれる？　ティラミスと、マカロン、それからあとジェラートハウスの分もね。あ、事務所のも買おうか。四つね」

　佐伯は言われたとおり大福を買うと、おつりとともにそれを社長に渡した。

「これ、おみやげね、ハウスのみんなで食べてね」

　社長は、店から出てきたばかりの樹に大福のパックを差し出した。

「わー、嬉しい。ありがとうございます！」

　樹が高い声で言って受け取ると、社長は鼻孔《びこう》を膨らませて微笑んだ。

「あ、そうだ。ティラミスハウスだけどね。そこ、中国人いるでしょ。築地とか銀座にも観光で沢山来てるけど、あの人たちマナー悪いじゃない？　そっちではなにか問題起こしたりしてない？」

　社長の言葉に、どきりとする。

「あ、三人の……」

　樹が答えようとしたので、風香は慌てて「だ、大丈夫です」と遮《さえぎ》った。

「ワンさんなら、ぜんぜん問題ないですよ」

　そう言ったあと、樹の方を見て小さく頷いた。樹は失言だと気づいたのか、はっとした顔で頷き返してきた。

「ならいいの。ま、来週からうちの佐伯が住むことになるから、そのへんも心配なくなるけど。不審者の件もあるし、いろいろといままでより安心してもらえると思う」

「え、佐伯さんが？」と風香が訊き返すと、「よろしくお願いします」と佐伯が頭を下げた。

「古畑さんの上のベッドになりますので」

「えー、そうなんですか」

樹が驚いた顔になる。目が二倍ぐらいの大きさになったが、佐伯を歓迎する感じではなさそうだ。

「はい、えっといままでティラミスハウスは掃除も含め、あの、管理が手薄だったので、その、私が住むことになりました。えっと、環境が、その、良くなるように頑張りますね」

佐伯と暮らすのは、正直言って煩わしい。さっき不審者らしき男を見かけたことも、佐伯が住むということを聞いたら、報告する気が失せた。それに、スイーツエステートの人間である佐伯が住むようになったら、当然ながら彼女がティラミスハウスを仕切ることになる。もう、自分の出番はないのだ。

リア充ぶってバカみたい。

さくらの言ったことは正しかったのかもしれない。

銀座まで歩いてお茶でも飲もうという運びになったが、風香は用事があるからとそこで別れた。本当はこのあと予定なんて何もないけれど、これ以上みんなといたくなかったのだ。銀座で優雅にお茶を飲む気分でもないし、そんなお金、もったいない。

社長の顔ももう見たくなかった。

社長は自分たち住人を応援したいのではなく、優越感を持ちたいだけだ。

ワンのことだって、住人なのに中国人だというだけで見下している。

確かに三人で住むのは規則違反だが、今まで何も困ることなどなかった。

風香は帰りの電車のなかで、せめてワンが追い出されないように自分が計らってあげようと考えていた。

さくら

下山《しもやま》さくらは、面接室に入った瞬間、「あ、だめだ」と直感した。

おそらく四十代と思われる色白で太った男性面接官はさくらを一瞥《いちべつ》するとすぐに目をそらした。

もうひとりの三十代後半ぐらいの、痩《や》せぎすで神経質そうな女性面接官は、さくらを上から下まで眺めてから、ほんのわずかだけ息を吐いたように見えた。それは落胆した、という態度だった。

だてに多くの会社から不採用通知をもらっているわけではない。雰囲気でわかる。面接に出向いた会社を全部数えたら、ゆうに五十社は超えるだろう。

「自己紹介をお願いします」

お決まりのパターンで面接が始まった。

緊張でこわばり、思うように声が出せないが、どうにか絞り出す。

「下山さくら、三十歳です。前の仕事は……」

「君ねえ、もうちょっとはっきり喋ってくれないと聞こえないよ」

男性面接官が、いらいらとした様子でさくらの言葉を遮《さえぎ》った。

「あ、はい」

動揺で呼吸が乱れ、汗が滲《にじ》んでくる。

呼吸を整えようと大きく息を吸ったあと、「前の仕事は物流関係の会社での事務でした」と、努めて大きな声を出した。

「職務経歴書があるので、前職のことはいいです」

今度は女性面接官に口をはさまれた。なんとなく、彼女が、異性関係をきっかけに最近猛烈にバッシングを受けている女優に似ていると思った。

「わかりました」

そう答えたものの、何を話すべきか、頭が真っ白になってその先の言葉に詰まってしまう。

きまずい空気が流れた。しびれを切らした女性面接官は、じゃあ、と沈黙を破る。

「休日はどうやって過ごしていますか？　なにか趣味とかありますか？」

これといった趣味なんてないし、一日中ほとんど寝て過ごしている。暇なときはネットに張り付いているだけだ。それでも、趣味については面接でよく聞かれるので答えは用意してあった。

「本を読みます」

「どんなジャンル？」

「ミステリーが好きです」

ここ何年かは小説なんて読んでいない。けれども一応好きな作家や作品は準備してあった。しかし、それ以上訊《き》かれなかった。

「なんかスポーツとかやってなかったんですか？」

男性面接官が話の矛先を変えた。彼が言わんとしていることはよくわかる。

さくらは体格がいいので、スポーツをしていたのではないかと訊かれることが多いのだ。だが、残念ながら運動神経はおそろしく鈍く、スポーツなんて手を出したこともない。それに団体行動も好きではない。学生時代だって、文化系の部活にすら所属していなかったし、アルバイトに追われていてそれどころではなかった。

見た目がたくましいので、健康そうとか、丈夫そうとも言われるが、身体《からだ》もどちらかというと弱い方だ。

「いえ、なにも」

男性面接官は、そうですか、と淡々とした調子で言った。

次に女性が応募書類に目を落としながら、「ご両親はどこにいらっしゃるの？」と訊いてくる。

「神奈川です」

「神奈川のどちら？」

「平塚市です」

この質問は必要なのだろうかといつも思う。三十女の両親のことなど、採用になんの関係があるのだろうか。

しかし、こういった類《たぐい》の質問は、むしろ採用に関係ないからこそ訊いてくるのだということが、たくさんの面接を受けているうちにわかってきた。たいがい、趣味だとか両親のことを問われたときは、不採用なのだ。

こんな面接なら、いっそのこと、書類で落ちたほうがましだ。肝心の仕事の話には触れることなく、したくもない話をさせられるのはすごく疲れる。

「なにか言っておきたいことはありますか」

きっとこれが最後の質問に違いない。

さくらはひと呼吸おいてから「私は」と話し始める。

「少しの間実務から離れていましたが、もし御社に採用されましたら、精一杯職務に励むつもりです。私の長所は、真面目に取り組むところです」

何度も口にしたので、よどみなく話し終えることができた。

「はい、では、結構です」

男性面接官は、とても事務的な口調で面接の終わりを告げた。

ゴールデンウィークが明けたばかりのこの頃は、連日爽《さわ》やかな天気が続いており、今日も心地よい風が頬《ほお》に感じられた。

吉祥寺の街を歩いていると、学生や主婦と思われる人たちが楽しげに会話している姿が目に付く。彼らには家族がいて、友達もたくさんいて、そしてお金に困ることもないのだろう。

後ろから襲いかかって、バッグの中の財布を盗んでやりたい。身体をぶつけて怖い思いをさせてやりたい。そんな衝動に駆られた。

陽射しは強いものの、まだまだ暑いというほどでもない。なのに、さくらは腋《わき》にびっしょりと汗をかいていた。面接の緊張から解き放たれたものの、吹き出る汗は止まらない。

スーツのジャケットにも汗は染みていて、周りの視線が気になった。

このまま井の頭線に乗るのははばかられ、面接した会社と駅をはさんで反対側にある井の頭公園を散歩することにした。

しかし、公園でのどかに過ごす人々を見ていると、世の中すべてを呪いたくなってくる。

ボートを漕いでいるカップルを池に沈めてしまいたい。

散歩している犬のリードを放って、行方不明にしてやろうか。

さくらは初夏のすがすがしい空気を味わう余裕もなく、怒りと恨みを抱えて公園内を歩く。

なにも悪いことをしていないのに、どうしてこんな境遇になったのだろう。理不尽で仕方ない。

なんとなく人の流れについて歩いていると、動物園の入口に来た。汗もひいて、気持ちもいい。しばらくこのまま外の風にあたっていたいし、ティラミスハウスに戻ったってやることもない。動物でも観て時間を潰そうと思った。

井の頭公園内の動物園に来たのは初めてだった。だが、四百円の入園料が必要と知り、わずかの間躊躇《ちゅうちょ》する。

今日は夕食の弁当を止めて節約すればいいと、唾《つば》を飲み込み、入園料を払った。

平日の昼間だからか、園内の人気《ひとけ》は少なかった。鳥のケージの前には誰もいない。猿山の周りにも見学しているものはなく、さくらがボスザルの前に立つと、猿たちがむしろこちらを観察しているかのように感じた。

面接官に続き、なんだか猿にまで値踏みされているようで、さくらは猿山を離れた。

そうだ、象を観に行こう。

さくらは象に対して、特別な思いがあった。小学校一年の頃の出来事が思い浮かぶ。国語の授業で「かわいそうなぞう」の話を初めて読んだ。教科書には、象のイラストもあった。その授業のあとの休み時間、ある男の子が、さくらの前に来た。

「下山って、象みたい」

すると、そばにいた女の子も、ほんとだーと同意し、さくらのまわりに人だかりができた。

「そっくり」

「ぞう、ぞう」

「ぱおーんってやってよ」

はやしたてられているあいだ、ずっとうつむいていた。

さくらは、飛び抜けて身体が大きかったのと、アトピーで肌が黒ずんでいたのだ。それから「さくらぞう」とあだ名をつけられ、しばらくからかわれた。担任の先生が気づいてみんなにきつく注意してからは、陰でいわれるようになった。そして、小学校のあいだはずっと「さくらぞう」と呼ばれていた。

だから、象は嫌いだ。それなのに、すごく気になる。

象のところに行くと、動物園の花形だからか、さすがにそこには見学者がいた。ひとりでじっと象を眺めている帽子をかぶったお爺《じい》さんと、ベビーカーを押すママが二人だ。ママたちは象を見ずにお喋りに夢中になっており、ベビーカーの中の乳児はそろって気持ちよさそうに眠りこけている。夫がいて安定した生活を送っているのかと思うとものすごく羨《うらや》ましい。

ベビーカーとママたちから離れて、お爺さんの近くに立った。

柵の中には、みすぼらしく痩せた象が一頭いた。皺《しわ》だらけの皮膚はところどころ変色していて垂れている。

「はな子は六十八歳で、僕と同じ歳なんだ」

誰に向けて言っているのかとあたりを見回すが、お爺さんはどうやらさくらに話しかけてきているようだ。しかし視線は、はな子に向けられたままだった。

さくらは、返事をせずにいた。

「はな子は、上野動物園からここに来たんだよ。『かわいそうなぞう』っていう本に出てくる、戦争中に死んでしまった象の名前をもらって、はな子っていうんだ」

「かわいそうなぞう」は言われなくてもよく知っている。そして、思い出したくない物語でもある。

お爺さんはさくらが無視しているのにも構わず話し続けた。もしかして、ただのひとりごとなのだろうか。

はな子はこちらにお尻を向けて、ひたすら前後に動く仕草を繰り返していた。なるほど六十八歳と聞いて納得するほど老いている。もしかしたら、頭の方もボケていて、この奇怪な動作をしているのかもしれない。

「僕はね、はな子が心配で、毎日様子を見に来ているんだ」

横目でお爺さんを見ると、愛おしそうに目を細めている。

どことなく上品で、身なりからして、裕福そうに見える。年金でももらって悠々自適に暮らしているに違いない。

いい気なものだ。その年金は自分たちのような若い世代がぎりぎりの生活の中から払っているのだ。象の心配をするぐらいなら、失職中で動物園の入園料すら払うのをためらう自分のことを心配して欲しい。

動物園で食事に困ることもなく、たくさんの人に気にかけてもらっているはな子までが憎らしくなってきた。

さくらは、お爺さんに聞こえるか聞こえないかという小声で「うるせえよ」と言い放つと、象の前から離れた。

優雅に暮らす動物たちをこれ以上眺める気分にはとうていなれず、動物園をあとにした。

ティラミスハウスに戻ったが、住人は誰もいなかった。自分のベッドのカーテンを開ける。

ベッドの上には脱いだままのジャージや、菓子パンの空き袋、空のペットボトルなどが散乱していた。それらを片付ける気力もなく、ざざっと端に寄せてからベッドに入り、カーテンを閉めた。湿った布団に食べ物の臭《にお》いや自分の体臭がこびりついていて、心地よくはない。身体も汗臭いが、起き上がる気力もなかった。

このシェアハウスに来てから約三ヶ月だ。

さくらはスーツ姿のままベッドに身体を横たえて、ティラミスハウスに住むようになった経緯を思い返す。

社会人となって最初に勤務した会社が倒産し、その後派遣社員として働いていた会社に契約を打ち切られたのが三年前。採用されたことだけを優先し、よく調べずに慌てて入ったその会社では、雇用保険に加入していない勤務形態だったので、失業給付も出なかった。

ワンルームのアパートに住んでいたが、当然家賃は払わなければならない。大学の奨学金の返済も毎月あり、すぐに働こうとしていくつもの会社を受けるがことごとく落ちた。

貯金なんてまったくなかったので、日々の生活費を切り詰め、ほぼ一日一食、それもカップ麺やパスタ程度の粗食でしのいだ。

とりあえず生きていくためにアルバイトをしようと、手っ取り早くファストフード店に勤めるも、そのうちアトピーが再発し、耳鳴りにも悩まされるようになった。この頃から、寝つきも悪く、浅い眠りから目覚めると異常に汗をかいていることがあった。

勤務中も立ちくらみやめまいに悩まされ、二週間もしないうちにアルバイトを辞めざるをえなくなった。

さすがにまずいと思い内科を訪ねたら、心療内科に行くように勧められた。

生活が困窮《こんきゅう》していることを医師に話したら、傷病手当金をもらうように勧められ、なんとか生きながらえたのだった。

通院しながら仕事を探したが、受ける会社にことごとく不採用になると、どんどん症状が悪化し、薬も増えていった。アトピーも痒《かゆ》くてたまらなく、睡眠障害は深刻になった。

医師のアドバイスで、いったん就職活動を休止したが、傷病手当金の支給期間である一年半が過ぎると、もうにっちもさっちもいかない状況になった。お金もないし、体調もいっこうに良くならない。

残る手段は限られていた。

消費者金融でお金を借りる？

そんなことは怖くてできない。ただでさえ、奨学金のローンを背負っているのに、これ以上借金は増やせないし、利子を考えただけでも恐ろしい。取り立てにこわもての人が来るのかと想像して背筋に寒気が走る。

では、風俗で働く？

どう考えてもそれは無理だ。

風俗店のホームページをネットで検索すると、多少盛ってあるにしても、きれいでスタイルのいい子たちが微笑《ほほえ》んでいる。自分がお呼びでないのは、一目瞭然だ。風俗店でないとして、たとえ安易に身体を売ってみても、安く買い叩かれてしまうのがオチだろう。

心療内科に通院している上に、他人とコミュニケーションをとるのが極端に苦手で愛嬌《あいきょう》もサービス精神もない。図体だけ大きくて見かけもけっしてよくない自分がやっていけるはずがない。それにいまは病気療養中で、アルバイトすら無理なのだから。

結局あれしかない。

生活保護だ。

本当は、生保の世話だけにはなりたくないのに。

さくらの実家も一時期、生活保護受給家庭だった。そのことでどれだけ学校や近所に、白い目で見られていたか。中学時代、激しくいじめられたのは、生活保護だったからでもあった。

思い出しただけで、頭痛が襲ってきたが、もうほかに手段はなさそうだった。あとは、自分の命を絶ってしまうか、だ。

さくらは、世田谷区役所の生活支援課に出向いた。

足が震えていた。もともと役所みたいな場所も苦手だ。ネットで集めた事前情報では、役所の職員の応対がそっけなかったり、明らかに感じが悪かったりなどという記述があって、正直、怖かったのだ。

呼吸が荒くなってくるのを深呼吸でどうにか落ち着かせて、生活支援課のカウンターの前に立った。

すぐに若い男性の職員が気づいて、さくらの目の前に来た。

「あの、えっと、生活保護の申請を……」

か細い声になってしまう。職員の顔も直視できなかった。

「ああ、生活保護ですか」

その言い方がなんとなく、迷惑そうな響きをおびているように聞こえて、さくらは消えてしまいたくなった。心臓の鼓動も速くなってくる。

「では、相談係を呼んできますので、こちらに」

彼は拍子抜けするぐらいさらっと言って、さくらを別室に案内したのだった。思っていたよりも普通の対応だった。

相談係の中年の女性も特に感じが悪いということもなく、淡々とさくらの話を聞いてくれて、申請についての説明を丁寧にしてくれた。

そのときに、生活保護を受けるには、扶養照会というのがあることを知った。扶養照会とはつまり両親や親戚に連絡していくらか援助してくれないかと尋ねることだそうだ。

「それは、絶対に必要なことなのですか」

訊きながら、全身から汗が吹き出てくる。

「なにか問題がありますか？」

さくらの父親はアルコール依存症で、母親は双極性障害で精神状態が不安定だった。ともに定職に就くことが困難で生活保護を受けていたことがあるぐらい生活に困窮していること、いま自分は居所も知らせず、両親と連絡をとらないようにしていることを伝えた。両親からは精神的な虐待を受けたことも付け加える。

「精神的虐待って、具体的にはどういうことですか？　どうしても扶養してもらえないっていうことですよね？」

相談係の女性は表情を変えずに、質問してきた。

「私が高校生の頃、バイト代もほとんど両親に取られました。子供のものは自分のものと思っているようで、洋服なども母に奪われたことがあります。それと、根掘り葉掘りなんでも詮索し、干渉してきて支配しようとしました。せっかくできた友達との関係も邪魔されました。それで私も人と接することができなくなっていきました。また、父はお酒を飲むと私を罵倒しました。だから両親に居所を知られたくないです。両親戚にも照会しないでほしいです。あの人たちが私を援助するとかありえません。両親からは逆に搾取《さくしゅ》されます。いま、心療内科に通院していますが、両親に連絡を取られたら、症状も悪化してしまいます」

そこまで一気に話すと、両親から受けた心の傷が蘇《よみがえ》り、身体が震えてきた。

「大丈夫ですか？」

様子が変であることに気づいた相談係の女性が心配そうな顔になる。

「大丈夫です」そう言いながらも、声はかすれてしまっていた。

「そういうことなら、ケースワーカーさんにその旨を伝えておきますね」

彼女は穏やかに微笑んでくれた。実際に申請の許可を出すのはケースワーカーなのだそうだ。

けれどもまだ気がかりなことがあった。生活保護を受けるには、住んでいるアパートの家賃が高すぎるので、引っ越さなければならない。しかも同じ区内というのが条件だ。

一通りの説明を聞き、申請に必要な書類を理解したさくらは、相談係の女性との面談を終えた。おそらく申請は通るだろうと彼女は最後に言ってくれた。

これで、申請が通れば、たぶん、死なずにすむのではないか。

さくらは最寄りのコンビニで、いつもは我慢していたプリンをお祝いとして買った。これを食べるのは、どれぐらいぶりだろうか。たぶん、三年以上口にしていない。

プラスチックのスプーンで柔らかいプリンをすくう手が震える。落とさないように慎重に口に入れた。その黄色い尊い食べ物は、脳天に染み渡る甘さだった。あまりの美味しさに、鼻の奥がつんとなった。

アパートに戻り、さっそく物件をネットで探した。

家賃の上限を入力して検索すると、たくさんのシェアハウスや格安物件が見つかったが、中でももっとも良さそうだったのは明大前のシェアハウス、ティラミスハウスだった。

なにより女性専用というのは安全なように思えた。ちょうど、男女混合シェアハウスに住んでいた子連れの女性が生活保護を打ち切られたというニュースが世間を賑《にぎ》わせていた。女性専用なら、男性と交際しているなどとの誤解も生じないだろうとも思った。

すぐにスイーツエステートに連絡して内見した。ホームページの画像と違って古くて狭く、あまりの住環境の悪さに辟易《へきえき》したが、ほかに選択肢はないのだから贅沢《ぜいたく》は言っていられない。

敷金礼金もいらない、保証人もいらない、審査もそう厳しくないというのは、条件にぴったりだ。とにもかくにも、お上から施《ほどこ》してもらうのに、狭いだの人がいるからいやだのと言ってはいけないのだ。

翌月からティラミスハウスのドミトリーを契約することにして、下北沢のスイーツエステートのオフィスに向かった。そこはワンルームの小さなオフィスだったが、女性向けの物件ばかり扱う会社とあって、パステル調の内装で、不動産会社というよりはアイスクリームを売る店のような感じだった。

小綺麗なオフィスで契約の手続きを終えたが、まだ肝心の用件が済んでいなかった。間取り図と、保証金、家賃など引越しに必要な費用が書かれた精算書を書いてもらい、役所に生活保護申請する際に提出しなければならなかった。

だが、内見を案内してくれた女性にそのことをなかなか言い出せない。

間取り図と精算書をもらわなければ、生活保護は申請できないし、そもそも申請するために引っ越すのだと、さくらは自分に言い聞かせ、気持ちを奮い立たせた。

勇気を振り絞り、あの、と言った。

「間取り図と精算書をいただきたいのですが……」

「ああ、そうですか」

二十代半ばぐらいの女性はすぐに意味するところがわかったようで、「ちょっと待ってください」と携帯で電話をかけた。

「あ、社長ですか。あの、生保の人が、間取り図と精算書を……あ、はい。はい」

生保、と口にされて、とても惨《みじ》めな気持ちになる。ほかに人がいなくて本当に良かった。

「用意しておきますので、明日午後一時にこちらに取りに来ていただけますか」

彼女の言い方がさっきより居丈高《いたけだか》になったのは、気のせいだろうか。

「よろしくお願いします」

頭を下げて、スイーツエステートをそそくさと去った。

アパートに戻ってただちに不動産会社に賃貸契約の解除を申し出た。ここは大学を卒業してから丸八年住んだ。古いが日当たりもよく気に入っていた。退去しなければならないと思うと胸が詰まってくる。

　来月からは日もほとんど当たらない薄汚れたシェアハウスに住まなければならない。しかもさくらのベッドは押入れを改造したものである。

　とうとう振り出しに戻ったか、と思う。両親と住んでいたアパートも、似たりよったりの、かなり古いアパートで、二部屋しかなかった。

　実家から逃れたくて大学進学を機に平塚からひとりで東京に出てきた。奨学金で通った大学時代、学業とアルバイトに忙しく、金銭的にも苦しかったし、ほとんど友達もいなかった。周りがサークルだ、交際だ、と浮かれていてもかやの外だった。それでも、それなりに楽しかった。親から解放され、なにより前向きに生きてきた。しかし最初の会社が倒産してから、坂を転がるようにして状況は悪くなってきている。

　生活保護を受けるのは、屈辱以外のなにものでもない。同級生たちの蔑《さげす》むような視線が蘇り、胸がきりきりと痛んでくる。

　インターネットでも、生活保護受給者は、税金泥棒であるかのようにバッシングされている。自分の力で生きていけないなんて、世間に顔向けできない。

その日は涙で枕を濡らし、ほとんど眠れなかった。

翌日約束した時間にスイーツエステートに行くと、ホームページの画像よりも肌の荒れが目立つ磯野《いその》社長がひとりで待っていた。太いストライプ柄の、パリッとしたシャツに、艶《つや》のある黒いパンツを合わせ、高そうなベルトをしていた。とても裕福そうに見える。

「あなたが下山さくらさんね」

値踏みするような視線でさくらを眺め回す。

「あのね、『生活保護』の方だっていうので、ちょっと訊きたいことがあるのね」

「あ、はい」

どうしても「生活保護」という言葉に、こちらを責めるような温度を感じてしまい、恐縮する。

「あなた、なにか精神的な疾患《しっかん》はないでしょうね？」

「は？」心臓が跳ね上がる。

「もっとはっきり言うと、鬱《うつ》とかじゃないわよね？」社長がさくらの顔をじっと見据えてくる。

「いえ、違います」

視線を受け止めたが、気圧《けお》されてしどろもどろになってしまった。嘘《うそ》をついているのが後ろめたい。つい、落ち着きなく視線が泳いでしまう。

「前に生保の人がうちのシェアハウスで自殺未遂を起こしたことがあったのね。だから、そういうことがあると困るから」

「そういうことはないです。大丈夫です」

腋にじっとりと汗をかいていたが、必死に平静を装って言った。

「そう、ならよかった。ごめんなさいね、変なこと訊いて」

社長は安堵した表情になった。

「いえ」

「私も応援するから、一日も早く自活できるように頑張ってね」

社長は非常に芝居がかった調子で言うと、間取り図と精算書を渡してくれた。

「自活」という言葉にも生活保護を受けることを非難しているニュアンスが感じられた。

よりによって、洗練された服に身を包み、会社を営《いとな》むリッチな社長に、軽々しく応援なんかされたくない。

帰りの電車で社長を殺《あや》める方法を考えていたら、気持ちが少しだけ晴れるのだった。

一週間後、預金通帳、間取り図と精算書、印鑑などとともに生活保護申請書を提出した。緊張した割にはあっさりとした手続きでちょっと拍子抜けした。

その後ケースワーカーとの面談、家庭訪問があった。

さくらを担当するケースワーカーは、さくらと同年代の女性だった。

ほとんど家財道具のない閑散とした部屋にケースワーカーは訪ねてきた。シェアハウス住まいでは必要のない家電や家具などをネットオークションで売り払い、本も処分してしまったのだ。

フローリングに直接座って向かい合うと、同じぐらいの歳なのに、その立場の違いに消えてしまいたくなった。大きな身体を精一杯縮めて俯《うつむ》く。

では、と彼女が質問を始めた。

「自分の誕生から現在までを簡単に説明してください。それと、働くことができないということですが、その理由も」

さくらはどこで生まれて住んだか、学歴、職歴などをうなだれたまま手短に話した。そして病状も詳しく述べた。

「本当に働くのは難しいんですよね？」

うつむいて頷《うなず》くさくらを、彼女は上から下までじっくりと眺めた。さくらはみじめでさらに身体が萎《しぼ》んでいくような気がしてくる。

「一応診断書も出してくださいね。それと、たしか、下山さんは、ご両親とは連絡をとらないようにしている、ということでしたよね？　本当に扶養してもらうのは難しいのですか？　ただ単に喧嘩しているとかそういうのは困るんですよね」

念を押すように訊いてきたので、さくらはもう一度両親から虐《しいた》げられてきたことを説明した。話しているうちに汗が湧き出てくる。

「わかりました」

彼女が頷いたので、あの、と顔をあげて質問した。

「扶養照会は、やはり、されるのでしょうか？　相談係の方にも言ったんですが、居所を知られたくないですし、私の生活保護費をあてにして押しかけてくるのではないかと思うと……」

「今回のような事情の場合は、照会しない方向ですすめられるとは思いますが、少し時間をください」

「よろしくお願いします」さくらは何度も頭を下げた。

その後、趣味や休日の過ごし方を訊かれた。生活保護申請になんでそんな情報が必要なのかと思いつつも、会社の面接と同様に丁寧に答えた。

「最後に」

ケースワーカーはそこで間をおいてから、「率直にお答えくださいね」と続ける。

「生活保護を受けたいと思っていますか」

この期に及んでなんでそんな質問をするのだろう。受けたいと思っているから申請したのだ。そのために家庭訪問を受けているのではないか。もしかして「受給するのが恥ずかしい、本当は自分の力でやっていきたい」と思っていることを彼女は察しているのだろうか。

どう答えていいかわからず、黙っていたら、えっとですね、と彼女が口を開く。

「受けるしかない状況だけど本当はあまり受けたくない、という方もいらっしゃるので」

「受けたくないと言ったら、申請は許可されないのですか」

「というより、やっぱりやめます、と言って申請を取り下げる方はいますね」

これは水際で申請者を減らそうという作戦なのだろうか。実にこちらの心理を読んでいる。こんな質問をされたら、やっぱりやめます、と答えてしまいそうになるではないか。それに彼女はさっきから、遠まわしに生活保護申請を諦めさせようとしてはいないか。

さくらは、目を閉じて息を大きく吸った。

「私は受けたいと思っています」それしか答えは考えられなかった。プライドや体面を捨ててでも、どうにか生きていくしかない。まだ死にたくはなかった。

ケースワーカーの女性が帰ったあと、さくらは寝込んでしまった。

主治医から自分の過去を一気に思い出さないように言われていたのに、誕生から現在までのライフストーリーを話したことが原因だった。面接のあとなどにも症状が出ることがあるが、こんなに重いのは久しぶりだった。

しばらく起き上がれずに、寝てばかりの日々が続いたが、ようやく落ち着いた頃には申請をしてから二週間が過ぎており、生活保護の申請が許可された。

生きていくのを許されたような気がした。

ありがとう。

初めて、自分の住む、日本という国に感謝したくなった。

お金が振り込まれるようになると、生活への不安が軽減されたからか、体調と心のありようも安定してきた。

ティラミスハウスに越してからは、なるべく住人との接触を避け、生活保護を受けていることが知られないように気をつけた。もともと人と関わるのは苦手だから、周りと交わらないでいることは全く苦ではなかった。

おせっかいな風香《ふうか》が話しかけてくるが、無愛想を貫《つらぬ》いた。すると、かえって気を遣われたりするので、なんとなく心地よい。これまで人に見下されてばかりいたので、びくびくされると自分が重要な人物にでもなったような気がする。ティラミスハウスでは生まれて初めて人より「優位」に立っているのではないだろうか。

そして心強いこともある。ここにいると、貧しいのは自分だけではない、ということが日々実感できるのだ。樹《いつき》や風香たちが楽しそうにしていると、むしゃくしゃすることもあるが、気持ちは比較的安定している。

通院は続けているものの、ティラミスハウスに来てからは就職活動を再開できそうなくらいに調子も良かった。そしていくつかの会社に応募書類を出し、面接にこぎつけたのが今日行った吉祥寺の会社だった。

これまでのことを振り返ったからか、頭が重くなってくる。だんだんと意識も朦朧《もうろう》としてきたので、さくらは瞼《まぶた》を閉じた。

夕方、上のベッドにいる風香の物音で目覚めた。寝起きの不快な気分のまま、わざと聞こえるように咳払いをしたら、風香はすぐに静かになった。

ここに越してくる前によく見た悪夢を久しぶりに見た。自分が駅のホームから電車に飛び込むというものだ。

シーツに染みるぐらい汗をかいており、着たままの面接用のスーツも背中がびしょびしょだ。いつもよりもずっと重く感じる身体をどうにか起こして、シャワーを浴びるためにベッドから出ると、居間のスペースに樹がいた。

目が合った瞬間、さくらに微笑みかけてくるが、目は怯《おび》えていた。

「あの、これ、ひとつどうぞ」

樹は立ち上がっていちご大福のパックをおそるおそる差し出した。

「今日築地に行ったんですけど、磯野社長から、みんなでどうぞって」

今日は面接の帰りに動物園に入って入園料を無駄遣いしたので、スーパーでいつも買う安くなった弁当も節約し、コンビニで買った肉まんを食べただけだった。

普段なら磯野社長の差し入れには絶対手をつけないのに、さくらは黙っていちご大福に手を伸ばした。その場に立ったまま二つに割って、片方を口に放り込む。

優しいあんの甘さといちごの酸味が絶妙で、続けてもうひと切れを口にした。

「あの」樹がさくらの顔色を窺《うかが》うようにしている。

「私、お寿司のあと銀座でスイーツも食べたので、お腹がいっぱいなんです。これ、賞味期限が今日までなんで、もしよかったら私の分もどうぞ」

もう一度いちご大福のパックを差し出してきた。

礼でも言えばいいのだろうが、お気楽に築地で寿司を食べたり銀座で甘いものを楽しんだりした樹に感謝する必要などない。

さくらは素早くいちご大福をつかむと、まるごとかじりついたのだった。

石鹸《せっけん》一個で髪も身体も洗いシャワーを終えた。さくらはシャンプーやリンスなんて使わない。これでだいぶ節約になるが、髪がきしんで傷むのは否めなかった。ベッドのなかで絡む髪を共同で使用しているドライヤーで乾かしながら、そろそろ髪を切りたいと思った。けれども、美容室なんて贅沢はできないので、近々自分でカットすることになる。

樹のさらさらの髪の毛が思い浮かぶ。さらに作りのいい顔立ち。華奢《きゃしゃ》な身体にかわいらしい服。

同じくお金に困って暮らしていても、向こうは男に振られたとか、寝ぼけたことが原因だ。なのに、世間が同情するのは彼女のような「守ってあげたくなる」女に違いない。

学生時代もみんなが心配するのはそんな子ばかりだった。暗くて愛想も無く、身体も大きい自分なんて、誰も気にかけてくれず、むしろ目障《めざわ》りで忌み嫌われていた。

頭がかっかとしてきたので、ドライヤーを途中で止めて、スマートフォンを手にした。

ツイッターにアクセスし、昨日の自分の呟きに多くのメンションやリツイートがあることを確かめる。

「中国人はレベルが低すぎて一緒にやっていくのは無理。世界中で嫌われているから当然だよね」

これは、昨日の夜のさくらの呟きだ。

面接を翌日に控え、緊張していてなかなか寝付けなかったのに、二階の個室の中国人が遅く帰ってきてしばらく足音がうるさかったので、つい、呟いたのだった。

うまくいかないことがあったり、なにか頭に来ることがあったりしたとき、こうしてSNSで誰かの悪口を言うとすっきりする。

スマートフォンの画面をスクロールしていると、メールが入った。今日受けた会社からだ。

さくらは、唾を飲み込み、息を整えてから、メールを開いた。

「下山様

本日はお忙しいところ、弊社の採用面接にご足労いただきありがとうございました。

慎重に審議いたしました結果、誠に残念ながらご希望に沿えない結果となりました。

末筆ながら、下山様のご活躍を心からお祈り申し上げます」

不採用通知だった。

こんなに早く連絡して来なくてもいいじゃないか。

予想はしていたけれど、やはり悔しい。歯ぎしりせんばかりに奥歯を噛み締め、三度ほど文面を読み返す。しかし、何度読んでも、結果は覆《くつがえ》らない。

いくら「お祈り」されても、活躍なんてできないから。

少し調子が良くなったからといって、採用試験なんて受けなければよかった。

どうせ自分を採用してくれる企業なんてどこにもないのだ。

絶望と落胆、憤りがないまぜになった感情が身体中を渦巻いて、抑えようがなかった。

さくらは、今日会った女性面接官によく似た女優Mの顔を思い浮かべながら、ツイッターに投稿する。

「Mって、お高くとまってて、ムカつくよね。顔も整形じゃないの？」

すぐにフォロワーがレスをくれた。リツイートもみるみるうちに増えていく。

満足してほくそ笑んでいると、居間のあたりから、樹と風香、好美《よしみ》の話す声が聞こえてきた。どうやら夕飯を一緒に食べているようだ。

いつもながらベタベタとした付き合いは胸糞《むなくそ》悪いが、会話は自然と耳に入ってくる。

「不審者、気持ち悪いね。あたしが見かけた男だとしたら、けっこう年齢いってたような気がするよ。何者なんだろうね」

風香が言うと、みんなしばらく黙ってしまう。さくらも、もしかして父が自分のところに金を無心しに来たのではないかと、不安になってくる。

「お前を見てると辛気臭くなる」「みにくい顔を見せるな」「少しは親を喜ばせてみろ。金を出せ」父に投げつけられた言葉が蘇る。財布からバイト代が抜かれたことが思い出される。

「来週には佐伯さんが来るけど、あの人じゃ、役立たずだよね。とはいえ、ワンさんが帰ってきたら、三人はまずいってことはすぐに言ってあげないと」

風香がまたペラペラとしゃべり始めた。本当にうるさい。劇団の俳優だというが、どうせたいしたことないに違いない。それにいい人ぶっているのも腹が立つ。

「じゃあ、起きて待っていたらいいね」

樹は声まで女の子っぽいが、あれは作り声ではないかと疑っている。かわい子ぶって不愉快だ。

「隣の部屋だし、ワンさんが帰ってきたら、私が佐伯さんのこと伝えますよ」

好美は何を伝えるのだろう。佐伯のことってなんだろう。余計なおせっかいは風香だけで充分なのに。

「よかった。好美さん、お願いね」

風香はこのティラミスハウスでいつも偉そうに仕切っているが、何様のつもりなのだろうか。

「あ、そうだ。私ね、働くとこ決まったよ。とりあえずバイトだけど、様子見て正社員にって言われた」

「ほんと？　よかったねえ。樹ちゃんはすぐに決まると思ったけどね」

「すごいねえ。麦茶だけど、乾杯しようよ」

風香が弾んだ声で言ったのち、三人の「カンパーイ」という声とともにグラスがカチンと合わさる音がする。

さくらは、今、この瞬間に、富士山が噴火して、東京に大地震が起き、なにもかもがめちゃくちゃになってほしいと思っていた。

ウェイ

午前一時近くになってティラミスハウスに戻ると、居間には誰もいなかった。それでもドミトリーのベッドから物音や寝息がわずかに聞こえ、人の気配は濃厚だ。みんなそれぞれの場所で静かに過ごしている。

王唯《ワンウェイ》は住人と接しないですむことにほっとしつつ、徐梓琳《ツイズーリン》と高小伊《カオシャオイー》をしたがえて急いで階段を上がった。

自室のドアを開けようとしたら、隣の部屋から、このシェアハウスのなかで一番年配とみられる女性が出てきて驚く。

ほとんど口をきいたことはないのに、彼女がなにか言いたげな眼差しをしているので、身構えた。ズーリンとシャオイーも狭い階段の途中に立ち止まったままでいる。

以前下の階の背の高い女性から叱《しか》られたように、足音がうるさいとでも注意されるのだろうか。

「おかえりなさい」

かすかに微笑《ほほえ》んでいるので、敵意はなさそうだが、日本人は笑っていても冷たい言葉を放つことがあるので、油断はならない。

「はい、すみません」

ウェイはどんなときにも使える便利な単語「すみません」をとりあえず口にした。

「あの、ちょっとお話が……」

口調は穏やかなのにきついことを言うのも日本人の特徴なので、やはりなにか文句を言われるのだろうか。緊張して頬《ほお》がこわばる。

「なんですか」

「これ、ここのシェアハウスの社長から」そう言って、白い生菓子が三つに切られて載った皿を差し出す。切り口にあんこといちごが見えた。

「ありがとう」と皿を受けとる。たまにこういうことがあるが、ずい分と気前のいい社長だ。

「あのね……」彼女の声がさっきより小さくなっている。

「来週からスイーツエステートの社員の佐伯《さえき》さんが下のドミトリーに住むみたいなので、お知らせしておこうかと……」囁《ささや》くように言った。

「会社の人、住むの？」

訊《き》き返すと、彼女は頷《うなず》き、心配そうな顔になる。たぶんこの人はとても親切な人なのだろう。

「それと、ここのティラミスハウスの周りを不審な中年男がうろついているの。それもあって佐伯さんがここに暮らして管理もするようになるから、今までとは違って……」

そこまで言って彼女はウェイの背後の二人に視線を飛ばした。

「ありがとう、ありがとう」頭を深く下げて急いで部屋に入った。

来日前から日本語を学んでいたので、ウェイは難しい会話でない限り、おおよそは相手の言うことが理解できる。だが、ズーリンとシャオイーはほとんど日本語がわからないので、いま聞いた事実をさっそく中国語で伝えた。すると餅菓子をほおばる二人の顔がみるみるうちに青ざめていった。

「見つかったら大変だ。不審な男も、私たちを捜しているのかもしれない」

うちけす。

脳裏に一人の男の顔が浮かび、吐き気がした。まさか。ウェイは嫌な想像を即座に
とにかくズーリンとシャオイーがここを一刻も早く出なければならないことは明らかだった。この個室には契約した本人のウェイしか本来は住んではいけないのだから。

「行くところがない」ズーリンがいまにも泣きそうな顔になる。

「どうしよう」シャオイーも途方にくれている。

「とりあえず、どこか探さないと」

二人を安心させたくて不安な顔はしないように努め、すぐに成瀬《なるせ》さんに電話をかけた。

ウェイはティラミスハウスに住んで半年ほどだ。

二年前に日本に来て、木更津の養豚場で働いていたが、東京に出てきてからここに暮らしている。住んで二ヶ月ほどした頃からは、ズーリンとシャオイーも一緒に住むようになった。

ズーリンとシャオイーは、ウェイと同じ黒竜江省の出身だ。人権擁護団体の成瀬さ

んに紹介された。

成瀬さんは木更津での地獄の生活から救ってくれた恩人だ。五十代半《なか》ばぐらいの細身の女性で、中国語も話せて、本当に頼りがいがある。人権侵害にあっている外国人労働者、とくにセクハラ被害にあっている中国人実習生の女性を救おうと全国を飛び回っている。

成瀬さんからズーリンとシャオイーと暮らしてくれないかと頼まれた。成瀬さんのところには、すでに三人も中国人実習生を住まわせていて、余裕がないそうだ。最初は自分のことで精一杯で彼女たちを助けることなど無理だと断るつもりだったが、二人の事情を聞いて、他人事《ひとごと》とは思えなかった。

貧農家庭の二人は、家族の暮らしのために外国人技能実習制度を利用して日本に出稼ぎに来た。実習生とは名ばかりで、要は低賃金の労働者で、山梨県のクリーニング工場に派遣された。

渡航の際、仲介団体への手数料と保証金として日本円で約百万円を借金してきた。そして来日してからずっと、毎月の基本給は五万円、そのうち三万五千円は強制的に貯金させられ、生活費として現金支給されるのは残額の一万五千円だったらしい。

残業手当は時給で三百円あまりだった。パスポートも通帳も、携帯電話もとりあげられ、木造平屋の掘っ立て小屋のような寮から外出することも一切許されず、実習とは名ばかりの過酷な労働で、まるで奴隷《どれい》のような生活だったという。

それでもトウモロコシとコーリャン程度しか栽培できない痩《や》せた故郷の土地で農業をするよりずっと実入りはいい。中国の大都市に出たって、日本ほどの賃金はのぞめない。ここで働きお金を貯めて帰国したら、もしかしたら家も建てられるかもしれないのだ。村には御殿のような立派な家を建てた日本からの出稼ぎ帰りの人が実際にいる。

だから実習制度の三年間だけだと二人とも我慢して働いていたが、工場の経営者のセクハラがひどかった。深夜、寮に押しかけてきた社長に、何人もがてごめにされた。抵抗したら中国に送り返すと脅されたのだ。帰されたら残るのは借金だけなので、彼女たちも耐えるしかなかった。

特に二十一歳と年齢の若いズーリンと、顔立ちの整ったシャオイーは、社長の気に入りだったらしい。

ある日、生理中にもかかわらず行為を強いられ、ひとりベッドのなかですすり泣いていたズーリンをなぐさめていたシャオイーは、脱出することを決意する。

数日前に工場の様子を探りに訪ねてきた成瀬さんが、社長の目を盗んでそっと名刺を渡してくれていた。いちかばちか、彼女に頼ろうと思ったのだ。

ズーリンとシャオイーはみんなが寝静まった午前三時すぎ、現金とわずかな荷物だけを持って着の身着のままで寮を抜け出した。パスポートも通帳も携帯電話もはなから諦めた。

人気《ひとけ》のない田舎道を進み、幹線道路に出て、やっと見つけた公衆電話から成瀬さんに電話をかけ、廃業したガソリンスタンドの角で身を潜めて成瀬さんが迎えに来るのを待った。その間、肌を刺すような寒さと、見つかってしまうのではないかという不安でずっと震えていた。ズーリンは初めて歯がガチガチいう音を自分で聞いたと言っていた。

「生きた心地がしなかった」

「成瀬さんが来なかったら終わりだった」

夜が明けて太陽がすべて顔を出す前に、成瀬さんの運転する軽自動車が目の前に現れた。「あのときは、これまで信じたことのなかった神の存在を認めたくなった」とシャオイーはしみじみとした様子で語った。

そのまま成瀬さんは二人を東京に連れてきてくれたのだという。のちに成瀬さんが工場主と話し合い、パスポートだけは返してもらえたが、身の回りの荷物も携帯電話も捨ててしまったということだった。これまでの給与もまったくもらえなかった。

ウェイ自身も外国人技能実習制度を利用して来日した。

中国はつい最近までひとりっ子政策をとっていたが、女の子が生まれた場合は、男の子が生まれるまで罰金を払っても子供を産み続ける場合が農村では多々あり、ウェイの家も三人姉妹の末に弟がいる。彼の教育資金のためにウェイは日本に出稼ぎに来た。妹二人もほとんど学校に行かず都市近郊の工場で働いていた。両親も農業をするわけではなく、出稼ぎを繰り返している。

中国には都市戸籍と農村戸籍があり、それは世襲される。ウェイの一家は言うまでもなく農村戸籍だ。

都市戸籍の人間は大都市に住み、公務員も大企業も彼らがほとんどをしめる。つまり都市戸籍と農村戸籍の存在は、事実上の身分制度、階級制度みたいなものだ。格差の上にいるのは都市戸籍の人間で、彼らは農村戸籍の人間を見下している。農村戸籍といっても、単純に農村に住み農業に携わっているというわけではなく、単純労働力として都市の工場に出稼ぎに出る者も多い。ウェイのように日本をはじめ海外に出る者もかなりいる。

農村戸籍の人間は都市や海外に出稼ぎに出て過酷な雇用条件にあまんじ、都市戸籍の人間にうとまれても、必死に働く。それは、ひとえに生活のため、または息子のためで、教育には非常に熱心なのだ。その教育費用は姉妹の労働からもまかなわれる。なぜなら、教育こそが農村戸籍から脱却する唯一の方法だからだ。

優秀な成績であれば、大都市の有名大学に進学し、その都市の公務員になれる、あるいは大企業に就職できる、または留学経験を積める。そうすれば北京や上海などの大都市戸籍を取得するのも夢ではないとみな信じている。これ以外の方法といえば、解放軍に入隊し手柄をたてて出世し、将校クラスになるか、除隊後都市に就職するかだ。

しかし、現実には、農村戸籍の人間が公務員になるのも大企業に入るのもかなり難しい。というよりほぼ不可能に近い。

ウェイの弟は大学にすら入ることができずに浪人したが、結局北京近郊の工場で働いていた。両親が出稼ぎの間に預けた祖父母に幼少期から甘やかされ、少年期青年期も「勉強する」という口実で好き放題に祖父母や両親にわがままを言っていたので、我慢をすることも苦手で仕事も何度も変わる。いまはショッピングやネット、カラオケなどの娯楽にお金をつぎこんで、刹那《せつな》的な毎日を送っているらしい。日本に着いてすぐ母から伝え聞いて、愕然《がくぜん》とした。

それでも家族のためにウェイは真面目に働いた。少しでも暮らしを楽にしたかった。ところが、雇い主である岩井《いわい》の息子の秀俊《ひでとし》が現れてから、ウェイの人生が狂い始めた。日本で働き始めて一年後のことだった。

秀俊は年老いた岩井夫婦の一人息子で家業も手伝わず、ぶらぶらしていたが、気まぐれに実家に戻ってきたらしい。

そして、戻ってきた翌日の深夜、彼はウェイの寝ている部屋に忍び込み、彼女の寝床に入ってきた。

二十三歳のウェイより二十歳以上も歳上の、体臭と口臭の強い男だった。脂ぎったできものだらけの顔は口が「へ」の字に歪《ゆが》んでいた。女にまったく縁がないであろうことは想像に難《かた》くない。養豚場の豚の方がまだましだと思うほどだった。

秀俊は、ウェイを強姦《ごうかん》した。

必死に逃げたが、足を摑《つか》まれ、床に叩きつけられ、顔も殴られ、歯が一本折れた。物音で起きた同室の春紅《チュンホン》も恐怖で声を上げることができなかったようだった。

このままでは殺されかねないと恐ろしくなり、抵抗を止め自分の血と涙を飲み込みながら、獣に蹂躙《じゅうりん》された。

翌日秀俊の父親の岩井に訴《うった》えると、騒ぎ立てると中国に返すと言われ、泣き寝入りするしかなかった。その後も何度か秀俊に襲われたが、なすがままにしていた。帰国までの辛抱だと、涙を吞んだ。涙の塩辛さは痛みとともに記憶に刻まれている。

貧しいということは人間の尊厳を踏みにじられるということだと、ウェイは思い知らされた。

帰国の日だけを待ち望み、朝から晩まで豚にまみれて働いた。少しでもお金を稼いで、この泥沼から抜け出したいという思いだった。

だが、ある日、生理が二ヶ月近くないことに気づく。

岩井に妊娠の疑惑を伝えると、家に呼び出された。足を踏み入れたことのなかった岩井の家は古かったが、ウェイやチュンホンの寝泊りする冷暖房のない狭い部屋とは異なり、ストーブがたかれて暖かく、広かった。

いつもは口をきくことすらせず、豚同様、いや、それ以下の扱いしかしないのに、打って変わって岩井夫人が優しく、不気味だった。少しは罪の意識を感じているのか、居間に通し、お茶まで出してくれる。岩井も微笑んで、「まあまあ、これで調べてみなさい」と妊娠検査薬を出してきた。秀俊は仏頂面で岩井の隣に座っている。

ウェイは居間の横のトイレに行き、妊娠検査薬に尿をかけた。規定の判定時間を待たずとも、プラス反応がすぐに出て絶望的な気持ちになる。

放心状態でいたが、ノックの音で我に返り、トイレから出ると、夫人がドアの前にいた。

「どうだったの」と検査薬を奪い取る。

くっきりと浮かぶ妊娠のプラス反応に「あら、まあ」と、おろおろとした様子で居間に走っていく。ウェイも彼女に続いて居間に戻った。

忌《いま》わしい秀俊の子供を身ごもるなんて、悪夢としか思えない。一刻も早く始末しなければ。

当然堕胎《だたい》するものと思っていたのに、岩井の言葉はウェイの予想とはまったく異なった。

「結婚させる」

呆然《ぼうぜん》としてしまう。聞き間違いであってほしかった。

「こいつには嫁のあてもないだろうし、後継も欲しかったから、ちょうどいい」

岩井が秀俊の方を向いて「これでお前も家に落ち着くだろう」と続けると、秀俊は下卑《げび》た笑いを浮かべた。

その顔を見て、虫唾《むしず》が走り、鳥肌が立った。

「結婚しない」ウェイは毅然《きぜん》として答えた。

「結婚したら、お前の借金を返してやる」

岩井は懐柔するかのように猫なで声で言った。

「在留許可も取れる。中国よりもずっと豊かな日本にいられるんだから、嬉しいだろう」

岩井はいかにもの作り笑いを浮かべた。

憎悪の気持ちで頭が沸騰《ふっとう》しそうになってくる。

ウェイは、「いやだ、日本にいたくない。結婚もダメ」と強い口調で断った。

すると、岩井は、今度は真顔になって、それなら、と低い声になる。

「中国に強制送還するぞ」

ウェイはいくら脅されても秀俊と結婚して中国に帰れなくなることは絶対に嫌だった。弟の学費ももういらないのだから、日本にとどまらなくても、たとえ借金が残ろうとも、なんとか中国国内の工場で働いて返すことができるはずだ。借金返済に何年かかろうが、この鬼畜と結婚してここで一生豚の世話をさせられるよりはずっといい。

「いい。中国、帰る」

叫ぶように言うと、秀俊がウェイの態度に白目をむいた。

「なんで、結婚を断るんだよ、中国人のくせに」

激怒し、ウェイを殴りつけた。そばにいた岩井夫婦は止めることもせずに無表情で見守っているだけだ。

よろめいて床に倒れたウェイは、起き上がると、秀俊に向かって血の混じった唾《つば》を吐いた。それは秀俊の足にかかった。すると、彼はさらに激昂して、襲いかかってきた。

四肢を押さえつけられ、馬乗りになられたとき、夫人が金切り声を上げて叫んだようだが、顔面を殴打されているうちに、意識が遠のいていった。

ウェイが意識を取り戻したのは、宿舎の自分のベッドの上だった。腫れて半分しか開かないまぶたを開けると、チュンホンがウェイの顔に氷のうを当てていた。

「私たち、人間扱いされていないよね」チュンホンは目に涙を浮かべている。

ウェイはかすかに頷くことしかできなかった。顔が痛くて声もでない。目尻から流れ出る涙をチュンホンがタオルで拭《ぬぐ》ってくれる。

「とにかく、休んで。私がずっとそばで傷を冷やしているから」

掛け布団を肩まで引っ張り上げてくれたが、チュンホンが突然、ひーっと悲鳴をあげた。

「血が、血が」と言って、掛け布団をはがし、顔をしかめる。

「ウェイ、布団が真っ赤だよ」

手でお尻の下を触ったら、確かに濡れていた。その手を目元に持ってくると、指が真っ赤になっている。

「早く、病院行かないと」

チョンホンが慌てた様子で立ち上がり、部屋を出ていった。

ウェイは顔の痛みが激しくて、下半身の出血にも全く気付いていなかった。いま、自分の身体《からだ》が大変なことになっているようだが、まるで他人事のように、なにも感情が動かないのだった。

その後、岩井夫妻に連れて行かれた病院に、三日間入院した。診察して掻爬《そうは》の処置を施《ほどこ》した老年の男性医師は決してウェイの顔を見ようとはしなかった。だが、看護師の中年女性はとても優しくいたわって接してくれた。個人的な会話を交わすことはほとんどなかったが、退院するとき、潤《うる》んだ目でじっとウェイの顔を見つめて、深く一度頷いた。意味がわからなかったが、ウェイも頷き返した。

病院から戻った翌日から通常通り働かされた。当然身体はしんどく、たちくらみに襲われ、動作も鈍くなった。それを見て岩井が「役たたず」と何度も舌打ちをした。

ウェイは脂汗をかきながら、それでも歯を食いしばったが、いまにも倒れそうだった。

限界を超え、意識を失いそうになった夕方過ぎに、人権擁護団体の人が三人ほど工場にやってきて、ウェイを助け出してくれた。そのうちの一人、成瀬さんが言うには、病院の看護師から通報があったということだった。

ウェイは命が助かったと、心から彼女らに感謝し、看護師の女性に心のうちで何度もありがとうと繰り返した。

成瀬さんたちは、岩井に対して警察に通報するか、ウェイを解放するかどちらかだと迫り、預けていたパスポートと携帯電話を取り戻すことができたが、通帳はもらえなかった。岩井は、一人実習生が減るとものすごい損失だからと言い張ったのだ。

ウェイは成瀬さんたちとともに木更津から東京に来た。海の上をまたぐ立派な橋を車で渡っていても、まったく現実味がなかった。黒竜江省の田舎から成田に着き、まっすぐ木更津に行き、そこから出たことがなかった。だが、東京の街の美しいネオンを見ているうちに、だんだんと自由になった嬉しさがこみ上げてきた。こんな綺麗な大都市に自分がいるのが不思議だった。しかし、同時にチュンホンのことが心配でたまらなくなり、人権擁護団体の人たちに、チュンホンは大丈夫だろうかと尋ねた。

成瀬さんが、「警告したので、同じことは起きないはず。私たちもしょっちゅう監視しに行くから」と言ってくれて安心したが、自分だけが自由になったことに後ろめたさもあった。チュンホンの顔を思い浮かべると胸がしくしくと痛む。

東京に来て、ウェイは永福町の成瀬さんのアパートにしばらくおいてもらい、その後入居審査がゆるい女性専用シェアハウスに住み始めた。

成瀬さんからは、岩井秀俊と岩井夫妻を訴えることも勧められたが、あの地獄の場所から解放されただけで充分だった。あとはなんとかこちらで働いて仲介者への手数料と保証金を返し、黒竜江省に一刻も早く帰りたかった。荒涼とした貧しい村でも、レンガを積んだだけの粗末な家でも、自分の故郷を思うと懐かしくて涙がこみ上げてくる。

ウェイ、ズーリン、シャオイーの三人は、実習生の資格で来日したので、それ以外の仕事に就くことは禁じられており、警察や入国管理局に見つかったら強制送還されてしまう。しかも、実習先から逃げたため、不法滞在にあたる。だから非合法で働かざるをえない。

もし、不審者が自分たちを捜しているのだとしたら、恐ろしいことだ。

ウェイは新宿の中華料理店の裏方とビルの清掃、ダブルで働き、ズーリンとシャオイーは新宿のラブホテルの掃除係をしている。三人で毎日なるべく時間の近いシフトにして帰りも待ち合わせ、新宿から明大前まで人目につかない道を選び、一時間かけて歩いて通っている。

びくびくしながら暮らしていても、三人で肩を寄せ合えば辛いことがあってもなんとか頑張れてきた。早朝、中華料理店からもらう余った食材で一緒に食事を作り、芋《いも》や饅頭《まんじゅう》を持って仕事に行った。わずかなバイト代を出し合って買ったマクドナルドのポテトを分けて食べ、百円のコーヒーを飲むのが、給料日の楽しみだった。帰り道に冗談を言い合って笑い、故郷を想ってともに泣いた。二人はかけがえのない仲間、家族みたいなものだ。それなのにズーリンとシャオイーはここから出て行かなくてはならないなんて。

ウェイは布団から身体を起こし、ズーリンとシャオイーの寝顔を眺めた。とりあえず成瀬さんのアパートに行くことになり、安心したようで、二人ともぐっすりと眠っている。

三畳ほどのスペースしかない床に薄い布団を二枚敷き、三人で並んで寝ている。ズーリンとシャオイーの枕元にはレジ袋が三つずつ置いてあった。二人は旅行カバンのようなものを持っていなかったので、レジ袋に身の回りの荷物を慌てて詰めたのだ。

レジ袋を見ていると、思わず溜息が漏れてしまう。

ウェイはふたたび身体を横たえたが、なかなか眠りにつけなかった。

翌朝は、午前五時に起きた。外に出ると、すでに陽はのぼり、あたりは明るかった。

手ぶらのウェイ、レジ袋を持ったズーリンとシャオイーは駅までの道を黙々と歩いた。何を話したらいいか、何を話すべきか、見当たらない。レジ袋がぶつかりあってシャカシャカという音が人通りのほとんどない早朝の住宅街に響く。

明大前駅の改札口に着くと、成瀬さんが待っていた。

「ワンウェイさん、いままでありがとうね。シェアハウスなのに、無理言ってしまってごめんなさい」

成瀬さんに謝られて、面食らう。

「大丈夫、大丈夫」と頭を振った。

「二人の落ち着き先が決まったら、すぐに知らせるから」

成瀬さんはそう言うと、ズーリンとシャオイーを「さ、行きましょう」と促《うなが》した。

すると、二人がウェイの手を強く握ってきた。ウェイもその手を固く握り返し、頷き合う。

ウェイは、改札口を入っても何度も振り返るズーリンとシャオイーの姿が見えなくなるまで見守っていた。

ティラミスハウスの周囲を見回し、人気がないことを確かめ、なるべく目立たぬように注意して、玄関に入った。自分の部屋に戻ると、三畳の個室が妙に広く感じられた。中国でも自分の個室などなかったから、初めてこの部屋に一人で来たときは落ち着かなかった。けれど、三人で暮らすようになってからは、ほっとできる場所になった。

こうして一人きりに戻ると、自分がとてつもなく、孤独なように思えてくる。シェアハウスだから、この建物にはほかにも住んでいる人たちがいるが、彼女たちに心を開くことなどありえない。

部屋を出てキッチンスペースに行き、なにか食べようと冷蔵庫を開け、買っておいた食材を確かめたが、一人で朝食を作って食べる気にはなれなかった。すると棚の中に、カップ入りの杏仁豆腐を見つけた。マジックで名前も書かれていないので、誰のものかわからない。ウェイは、無性にそれが欲しくなり、手を伸ばした。

「ちょっといいですかー」

背後から声がして、驚きのあまり、杏仁豆腐をとっさに離し、後ずさった。

最近入居してきた女性が近寄ってきて、ウェイの横から冷蔵室の中を探る。いつもはこんなに早く起きてくる住人はいなかった。

「ここにもないなあ」

彼女はウェイを気にかけることなく冷蔵室を閉めると、冷凍室、続けて野菜室を開けては閉め、困りきった顔をしている。その整った顔立ちは純真無垢に見え、小綺麗な身なりは、ほかの住人とはちょっと感じが異なった。

「どこいっちゃったんだろう」

ひとりごとのように呟《つぶや》いたあと、ウェイの顔を見て、「あ、ごめんなさい。冷蔵庫閉めちゃった」と言った。謝りながらも微笑んでいる。えくぼがあって、愛らしい。

「いいです、大丈夫」

杏仁豆腐のことは気づかれていないようでほっとする。危うく盗みをせずにすんだこともよかった。

「あの、私、スマホがなくなっちゃって。iPhoneなんだけど、どこかで見なかったですか?」

頭を振ると、「本当に？」といぶかしそうにこちらを見つめ、溜息を吐いた。

そのスマートフォンの部品を作る中国の工場でウェイの妹が働いていた。朝から晩まで機械のように単純作業をこなすことを繰り返すうちに、ほとんど表情の変化がなくなってしまった妹の顔を久しぶりに思い出す。

「樹《いつき》ちゃん、いつまであったの？　どこに置いたか覚えてない？」

カーテンを開けてベッドから出てきた背の低い女性がこちらに来ながら言った。彼女はいつも賑《にぎ》やかで明るい。

「おはよう、風《ふう》ちゃん。それがね。ウェイにもなにかと声をかけてくる。

「おはよう、風ちゃん。それがね。どこに置いたか、はっきりはわかんないの。昨日の夜ごはんのときは、あったんだよね。シャワー浴びて、そのあと、スマホいじらないですぐ寝ちゃったから、そのときからないのかも」

樹という名前らしき女性は肩を落として、居間のスペースに行き、ちゃぶ台の前に座った。風ちゃんと呼ばれた女性も、それに倣《なら》う。

ウェイが自分の部屋に戻ろうとしたら、「ワンさん」と呼び止められた。振り返ると、風ちゃんが立ち上がり、ウェイの至近距離まで寄ってきて、あの、と囁いた。

「いつも一緒の二人は？」

この人が善意で言っているのか、悪意で言っているのかわからなくて、すぐには答えなかった。表情からは悪意があるようには思えないが、単純にはわからないので、口を固く結んでじっと彼女を見つめる。

「あたしは味方だよ。好美《よしみ》さんから聞いたと思うけどスイーツの人がもうすぐ来ちゃうから、心配で訊いただけ」

ひそひそ声で言うと、にっこりと笑った。どうやら、目の前のこの人も隣の部屋の女性同様、親切な人のようである。

「いなくなった。大丈夫。ありがとう」

そう言って頭を下げると、風ちゃんは、はあーっと大きく息を吐いたあと、「よかったあ」と呟いた。

夕方まで清掃の仕事をして、夜は中華料理店で働き、一人で帰る。三人でお喋りしながら歩いているといつの間にか着いてしまっていたのに、ひとりきりだと帰路はとてつもなく長く感じられる。途中で雨も降ってきた。傘を持っておらず、小走り気味にティラミスハウスを目指したが、全然たどり着かない。そのうち、涙が湧いてきて顔に当たる雨粒と混じり、前が見えなくなってくる。

ウェイは立ち止まり、建物の陰で、ひとしきり泣いた。

一時間半かけてティラミスハウスにたどり着いたときには、全身ずぶ濡れだった。不審な者がいるかもしれないと慎重に辺りを警戒し、玄関に入る。階段を上がって自室に行こうとすると、体格の立派な女性がトイレから出てきたところに鉢合わせた。前に足音がうるさいと言ってきた人だ。

彼女は、ウェイを見ると、眉をひそめて「うぜえ。邪魔なんだよ」と吐き捨てるように言い、自分のベッドに入っていった。嫌な気分になるが、気にしない、気にしない、と自分に言い聞かせる。日本に来てから、何度同じことを自分に言い聞かせたかわからない。

シャワーを浴びて布団に横になる。板張りの天井はしなっていて、まるでなにかの模様が描かれているかのように、ところどころ変色している。しばらく見ていると、ズーリンとシャオイーの顔に見えてきて辛くなる。ウェイは瞼《まぶた》を固く閉じたが、二人の残像が消えることはなかった。

土曜日も平日同様働いた。成瀬さんから連絡があって、ズーリンとシャオイーはきちんと仕事に行き、元気にしているようだったのでほっとした。明日は仕事が休みなので、二人に会いにいくつもりでいる。

翌日の日曜日、たっぷりと寝て午前九時といつもより遅い時間に起きて身支度をし、成瀬さんの家に行こうと部屋を出た。すると、下の階にティラミスハウスの住人が集まっていた。

短髪で服装も地味で、眼鏡をかけた風貌が男性のような人もいた。見かけたことがないので、新しい住人なのかもしれない。その人はウェイに気付くと、「ああ、ワンさん」と声をかけてきた。

「えっと、あの、スイーツエステートの佐伯です。えっと、今日からここに寝泊りしますので、よろしくお願いします」

佐伯が軽く頭を下げたので、ウェイも会釈を返した。この人が不動産会社の人なのだ。三人で暮らしていたことがばれていないようなので、本当によかったと思う。

ちらっと風ちゃんを見ると、こちらに目配せをしていた。ウェイも小さく頷く。

「えっと、ですね。みなさん、なにかお困りのことなどあれば遠慮なく言ってください」

「あのう、ちょっといいですか」樹が遠慮がちに言った。

「えっ、あ、はい。えっと、なんでしょう」佐伯はくもった眼鏡のツルの部分をいじりつつ答えた。

「木曜日から私のスマートフォンが見当たらないんですよ。最後に使ったのはここだし、位置情報で検索しても、ここにあったはずなんですよ」

「あちゃー、紛失ですか。えっとですね。そのう、持ち物はそれぞれ管理していただく決まりなので、あのう、こちらでは、えっと……どうすることも……」

もごもごと口ごもってしまった。頼りない感じの人だ。

「ちょうどいま全員が集まっているんで、見かけたかどうか聞きたくて」

そう言って樹は、背の高い女性の方に視線をやった。

「もしかして、私が盗んだとでも思ってんの？」

彼女は怒りの混じった声で言いながら、樹を睨《にら》み返している。

「さくらちゃん、樹ちゃんはそんなこと言ってないよ。ただ、見かけたかって訊いてるだけだよ」

風ちゃんがなだめるが、さくらは憮然《ぶぜん》としてそっぽを向き、「ムカつくわー」と呟いた。

「佐伯さんが掃除のときに見つけてくれるかもしれないから、大丈夫よ」

ウェイの隣の部屋の女性が落ち着いた調子で言った。

「あ、あの、じゃ、じゃあ、気をつけて見てみます。えっと、スマートフォンですよね？」

「iPhoneです。濃いピンク色のプラスチックのカバー」

「わかりました」

そこで話は終わったようだったので、ウェイは玄関に行こうとした。

「タイミングからすると、あのいなくなった二人が怪しいんじゃないの」

さくらが言ったので、ウェイは慌てて振り向いた。冷や汗が出そうになるが、焦っている様子は見せないように表情に気をつけた。

さくらは意地悪そうに口元だけで笑っている。岩井も同じような笑い方をしていたことを思い出し、身震いがする。

「え？　なんですか？　いなくなったって、誰のことですか？」佐伯が訊き返した。

ウェイの心臓の鼓動が次第に大きくなってくる。

「なんでもないの、佐伯ちゃん。こないだ昼間に遊びに来たあたしの劇団仲間のことだよ。だけど二人ともスマホ持ってるから、盗んだりしないと思う」

風ちゃんが助けてくれて、本当にありがたい。どうしてこんなに親切にしてくれるのだろうか。

「ちっ」と舌打ちをしたさくらは、「あんたもたしかガラケーだよね」と風ちゃんに言い捨てて、自分のベッドに行ってしまった。風ちゃんは顔をしかめている。

「とにかく、仲良くやりましょう。よろしくお願いします」

佐伯がもう一度頭を下げて、その場は解散となった。

ウェイが玄関から出ると、強い雨が降っていた。身体を縮こめ、百円ショップで買ったビニール傘をさし、駅を目指して歩く。心臓がまだどきどきしていたので、足取りもつられて速くなる。傘のサイズが小さくて肩が濡れてしまうが、構わずにとにかく急いだ。

「ワンさん、待ってくださーい」

雨音の合間から聞こえる声に振り向くと、樹が走ってきて、はあはあと息を切らしてウェイの横に並んだので、歩調を緩《ゆる》めた。樹もビニール傘だが、ウェイのものより回りは大きくて骨組みがしっかりしている。

「あの……そのう……こないだまで一緒にいた二人にも……私のｉＰｈｏｎｅを知らないか……訊いといてください」

ウェイはなにも答えずに樹の目を凝視した。もしかしたら、樹もさくらと同じように、ズーリンとシャオイーの二人が盗んだと疑っているのかもしれない。自分も疑われているという可能性だってある。

樹は、ウェイから視線をそらした。

「違いますよ。疑ってるんじゃないんです。見かけたかどうか訊いてほしいだけです。私、スマホがないとほんと困るので」

樹は言い終えると同時に踵《きびす》を返し、ティラミスハウスの方に逃げるように戻っていった。

成瀬さんのアパートは永福町の駅から十五分ほど歩いた場所にある。呼び鈴を鳴らすと、シャオイーが出てきて、ウェイに抱きついてきた。彼女の背後にいたズーリンも笑顔を見せている。

たった二日とちょっと離れていただけなのに、二人が懐かしくて胸がいっぱいになった。

2DKの間取りの部屋に入る。すると、木更津からここに来たばかりの頃のことが蘇《よみがえ》った。あのときは解放された嬉しさとともに、来日以来ずっと一緒だったチュンホンのことが気がかりで仕方がなかった。あとで成瀬さんからチュンホンが何らかの理由で中国山東省に強制送還させられたと聞いた。彼女のことを思うと、胸が苦しくてたまらなくなる。

成瀬さんは留守だった。シャオイーによると、成瀬さんは、日曜日にもかかわらず、栃木県のいちご農家で働く実習生の様子を見に朝から出かけて行ったのだという。ここにいた三人の実習生は成瀬さんの知り合いの家に滞在しているそうだ。

ウェイは樹がiPhoneを失くした話をして、見たことがないかと一応訊いてみたが、当然ながら二人ともまったく知らないと言った。これで樹に堂々と報告できると思って安心する。

「ウェイ、私たち、不法滞在だから住むところを見つけるの、難しいって」

ズーリンが暗い顔になると、シャオイーもうなだれた。

「そう……」

ウェイは、自分はかろうじて運がいいだけだということを改めて感じると同時に、二人に対して申し訳ない気持ちが湧いてくる。

シャオイーは「だからね」と顔を上げる。

「私たち、中国に帰ろうかと思って」

「え？　借金は？」

「成瀬さんがもう一度だけ、工場の方に働いた分の給料の請求をしてみてダメだったら、訴訟を起こしたらどうかって言うの。それで、私とズーリンで話し合って、そうしたほうがいいかもしれないって結論になった。裁判になると時間もかかるし、不法滞在のままずっと働くわけにはいかない。だから、中国にとりあえず帰ったほうがいいって。借金も残っているけど、なんとか向こうで働くよ。それに、私たちが勇気を出して工場主を訴えたら、ウェイを雇っていた岩井も、恐れをなしてこれまでの給料を払うかもしれないって」

裁判するということは、社長の慰《なぐさ》み者になっていたことが世の中に明らかになるということだ。

「シャオイーもズーリンも、平気なの？」

二人は深く頷いた。決意は固いようだ。

「誰かが声をあげないと。ずっとこんなひどいことが続くのは許せない。実習生だって、中国人の女だって、人間なんだから」シャオイーがきっぱりと言った。

「それに、自分の国に帰りたいよ」ズーリンが悲しそうに目をしばたたいた。

夕方に永福町から帰ってきて玄関の引き戸を開けたら、立ち入り禁止のはずの男性の靴があってぎょっとした。中も騒がしい。

ドミトリーに入ると、居間のところで中年の男女が佐伯と風ちゃん相手になにやら興奮気味に話している。

「樹がこんなところに住んでいたなんて。ニューヨークにいるとばかり思っていたのに」

女性の方が顔をしかめた。

「樹はどこにいったんだ」男性の声には怒気が感じられる。

「スーパーに買い出しに行ってます……」風ちゃんがおそるおそる答えている。

ウェイは、彼らの横をそっと通った。通り過ぎるとき、中年の女性がウェイに視線を寄越し、瞬時に上から下まで値踏みするように見たが、そういう視線には慣れていたので、特に気にせずに階段を上がった。

自分の部屋に入り、しばらく横になっていた。ズーリンとシャオイーが中国に帰ると言ったことを頭の中で反芻《はんすう》する。

彼女たちが行ってしまうのはとてもさみしいが、二人にとってはそのほうがいいのかもしれない。自分は裁判をする勇気もないが、うまくいってほしい。いや、うまくいかなくてはならない。こんなことがまかり通ってはいけないのだ。

でも、本当に裁判をして大丈夫なのか？　負けたらどうするのだ？

頭の中でいろいろと考えていると、下から聞こえてくる声がますます騒がしくなった。会話の中身に興味もないので聞き取るつもりもなくいたら、会話は雑音のように感じられてきて、だんだんと子守唄のように眠気を誘ってくる。そして、いつしかウェイは眠りに落ちていた。

窓がないので何時になったかわからず携帯電話を確かめると、午後八時を過ぎていた。蒸し暑さで寝ている間に汗をかなりかいた。リサイクルショップで買った扇風機は生ぬるい空気をかき回すだけでさして役立たない。本当は風通しのため入口のドアを開けておきたいが、そんな不用心なことはできなかった。身を隠しているのだからひっそりと暮らさなければならないのだ。

ウェイはシャワーを浴びようと階段を降りていった。

三人でいたときは目立たぬようにシャワーも一日一人ずつ、二日おきにしていた。いまはいつでも浴びていいのだが、それでもこっそりという感じになってしまう。

居間では風ちゃんと隣の部屋の女性が食事をしていた。メニューはカレーだ。めずらしく風ちゃんは口数が少ない。顔もなんとなく暗かった。

ウェイと目が合って、風ちゃんは、「あ、ワンさん」と親しみを込めた笑顔を向けてきた。

「よかったら、一緒に食べない？」

「え？」予想外のことを言われたので反射的に聞き返してしまった。

「いつも一緒に食べてた樹ちゃんがいなくなっちゃったの。それで、昼に好美さんが作ったカレーがまだ残ってるんだよね。樹ちゃん、ご両親と広島に帰ったんだ。お父さんがずっと捜してたんだって。不審者は、樹ちゃんのこと捜してた人なのかもね。

ほら、探偵とか」

そう言われて樹のいた場所を見たら、カーテンが開いている。ベッドの中は骨組みが見えるだけで、布団も荷物もなにもなかった。ベッドの下にあったはずの大きなスーツケースも見当たらない。

不審者が自分のことを探っていたのではなさそうで安心した。

「ワンさん、一緒に食べましょう。夕飯まだでしょ？」

隣の部屋の女性は好美というらしいが、彼女も優しく微笑んだ。

そう言われると、お腹がかなりすいていることに気づく。

「食べます。お金、払います。いくらですか？」

「いいよ、いらないよー。ね、好美さん？」

好美は頷いて立ち上がり、キッチンに行く。

好美がよそって出してくれたカレーは、ちっとも辛くないのに、口にすると涙が滲《にじ》んできた。

好美

リビングダイニングの床を水ぶきしていると、吹き出た汗がぽたぽたと落ちて、フローリングに染みのような斑点《はんてん》がついていく。

好美《よしみ》はあわててエプロンのポケットからタオルハンカチを取り出して顔を拭《ぬぐ》い、汗が落ちた場所を雑巾《ぞうきん》でこすった。

水ぶきに戻るが、汗がつぎつぎと湧いてくる。エアコンを点《つ》けてくれれば、と思うが、そんな親切は望めない。

手を止めて、網戸ごしに太陽を見上げる。梅雨《つゆ》明けから三日経つが、連日暑い日が続いていた。サッシ窓からは強い陽射しとともに生ぬるい空気が入ってくる。

窓の外には手入れの行き届いた庭があり、陽に照らされた庭木の濃い緑とその影とが強いコントラストを描いていた。

手前に作られた家庭菜園を見て、以前マンションのベランダで育てていたミニトマトやバジルのことを思い出す。毎朝、おもちゃのジョウロを持った雄斗《ゆうと》と一緒に水遣りをしていた。あの頃は、こうして人様の家の床に這《は》いつくばっている自分の姿など、まったく想像できなかった。

手でパタパタと顔を扇《あお》いで、二十畳近いリビングダイニングの雑巾がけにもどる。この家の飼い犬が床に粗相をしたり庭から自由に出入りしたりするため、雑巾はすぐに汚れてしまい、頻繁に洗っては床を拭《ふ》くことを繰り返す。

水ぶきが終わると、今度はケージの掃除だ。ケージの主であるトイプードルのショコラはいま、飼い主である逢坂《おうさか》夫人とともに、寝室にいる。クーラーの効いた寝室はさぞ涼しいことだろう。

好美はペットシーツを始末し、組立式のケージを分解して、それぞれの部分を庭に持って行って洗った。日陰で作業しても、暑さは厳しく、息苦しくさえある。

糞尿がこびりついたプラスチックの敷板をスポンジで丁寧にこすり、ホースの水で洗い流す。敷板を洗う手に無駄に力が入ってしまい、スポンジが落ちる。溜息を吐きつつ、泥のついたスポンジを拾って、ホースの水で洗い直す。

好美は、他人の家の掃除をすることに、ましてや犬のケージを洗っていることに、まだ自分が屈辱を感じていることに気づいていた。この厄介なプライドを早く脱ぎ捨てなければ身がもたない。

「西沢《にしざわ》さん。それ終わったら、お茶でもいかがかしら」

声に顔を上げると、逢坂夫人がショコラを抱いて微笑《ほほえ》んでいた。ショコラはビー玉のような瞳で好美を見つめてくる。どことなくその視線が自分を見下しているように感じるのは、卑屈になっているからだろうか。犬は人の序列をよく把握するというからあながち間違ってはいないかもしれない。

「お風呂場とキッチンが残っているので、時間が……」

「オーバーしたら、延長料金払うわよ。ね。いいでしょ。患者さんからお中元に水ようかんをいただいたのよ。私と主人だけでは食べきれなくて」

逢坂夫人は好美の返事を待たずに「用意するわね」と去っていった。

下北沢に事務所のある家事代行サービス、マーメイドサービスから派遣されて、池ノ上の逢坂家に来てもうすぐ三ヶ月だ。週に二回通っている。逢坂家は、築年数は古いものの二階建ての立派な一軒家で、敷地が百坪近くある。開業医のご主人と夫人との二人暮らしで、二人の息子は独立していてそれぞれ大学病院で勤務医をしているそうだ。

逢坂夫人は好美が掃除をしている間、そばにくっついてこれらの話を延々と話すので、家族の情報はおおよそ把握していた。アップライトのピアノの上にも、リゾート地で撮ったらしき青い海を背景にした家族写真や、サッカーのユニフォーム姿の少年、白衣を着た青年の姿がこれみよがしに並んでいて、夫人はそのひとつひとつの説明も詳しくしてくる。

家族のことに限らず、自分がやっているボランティアの話や日々の生活のこと、夫の営《いとな》む病院のことなども事細かに語った。毎年お盆には軽井沢の別荘に行くということも先週聞いたばかりだ。その度に好美は、あまりにも自分とはかけ離れた暮らしぶりに胸の内に嫉妬《しっと》と羨望《せんぼう》が広がり、心が乱れてくる。耳を塞《ふさ》ぎたくなる。

今日は夫人の話を聞かずにすんで助かったのに、まさかお茶に誘われるとは思わなかった。こんなことは初めてだ。よっぽど話したいことでもあるのだろうか。これから自慢話をたっぷりと聞かされるのかと思うと気が重い。とはいえ、有無を言わさない夫人の態度には、彼女が雇い主である以上、抗《あらが》いようがない。原則として茶菓をもらうのは禁止されているのだが、説明するのも面倒くさかった。

ケージを洗い終え、敷板と柵をそれぞれ芝生に広げて日干しした。リビングに戻ると、ダイニングテーブルには冷たい緑茶と水ようかんが用意されており、逢坂夫人がすでにそこに座っていた。

「さあ、早くこちらに」

五十代後半ぐらいだと思うが、かなり若作りで派手な花柄のワンピースを着ている。小太りの身体《からだ》にワンピースがぴったりと張り付いていて、たわわな胸がなまめかしく、目のやり場に困ってしまう。

夫人は、黒い毛並のショコラを抱いて手招きする。室内は先ほどと異なり、冷房が点いていた。夫人は、自分がいるときだけエアコンを点けるのだ。

いや、それどころか、ショコラは暑いのが苦手だからと留守番をさせるときもエアコンは点けっぱなしだと言っていたような気がする。ずいぶん甘やかされた犬だ。エアコンのないティラミスハウスの個室を思うと惨《みじ》めな気持ちになっていく。

好美は手を洗わせてもらい、エプロンを外してテーブルに着いた。

「西沢さん、遠慮しないでどうぞ召し上がって」

いただきます、と軽く会釈をしてから、お茶を飲んだ。氷が入っていて、すごく冷たい。喉《のど》がうるおい、汗が引いていった。続けて涼しげなガラスの器に盛られた水ようかんにフォークを入れて、口にする。ひんやりとしてつるりとした食感が心地よい。上品な甘さが口に広がり、疲れがわずかながら和《やわ》らいでいく。

「あのねえ、相談なんだけどねえ」

そう言うと、夫人も水ようかんを口にして咀嚼《そしゃく》し、飲み込んだ。

好美はかすかに身構えて、二口目の水ようかんを口に運ぶのをやめておく。

「相談、ですか？」

きっとなにかのお願いに違いない。

「ええ、まあ、そのね。あなた、マーメイドサービスからの派遣でいらしてるでしょう」

「はい……」

「時給はおいくらでいらっしゃるの？」

「え？　時給ですか」すぐにピンときた。

「うちの方は、一時間二千円以上払っているのに、西沢さんには全部入っていないでしょう。マーメイドサービスがマージンをだいぶとっているのよね。だから、一回やめたことにしてあらたに直接お願いできないかしらと思って」

予想通りの展開だ。マーメイドサービスの研修のときに、直接契約は厳禁だと言われていた。

「あの、それは、決まりでできないことになっていて……」

「でも、そのほうがあなたにもお金が入るでしょ。千五百円払うわよ。お互いにとってそのほうがいいじゃない？」

今の時給が千二百円なので、ずいぶんとありがたい申し出だが、やはり規則を破るのは怖い。

「会社にわかってしまうと、私が困りますから……」

「少しでも時給がいいほうがいいんじゃないかしら。黙っていればわからないわよ。それに、私のボランティアのお友達も、家政婦さんに来て欲しいっていう人がいるから紹介もするわよ」

「とてもありがたいのですけど、やはり……」

「ねえ、私、困っている人を助けたいのよ。あなた、上品な感じなのに、こういうお仕事なさってるのってよっぽどのご事情なんでしょう？　だんなさんのお仕事は？　リストラとか、お給料減らされたとか？」

ショコラの頭を撫でながら、好奇の目を向けてくる。こういう視線は本当に嫌だ。

「事情なんて……。特にありません。家計の足しに働いているだけです。子供の教育費もかかりますし」

リストラは事実だし、事情も大いにあるのだが、夫人にそんなことを打ち明ける筋合いはない。

「お子さんはおいくつ？　おひとり？　お嬢さん？　お坊ちゃん？」

「小学一年の男の子がひとりいます」

今は一緒に暮らしていないなどと、とても本当のことは言えない。言ってしまえばきっと興味本位に食いついてくるに違いない。

裕福で苦労のない逢坂夫人にとって、困っている、貧しい、複雑な家庭の事情というのは憐《あわ》れみの対象でしかない。その憐れむ、という感情も一種の娯楽のような気がする。

妙に熱心に児童館や学童保育での読み聞かせに参加し、老人ホームへコーラスの仲間と歌いに行くボランティア活動をしているところを見ても、そう感じてしまう。

「お母さんが働いていると、子供はかわいそうよね」

「家族が面倒見なくて、老人ホームに入れるなんて、お気の毒で胸が痛いわ」

「私が行くと、みんな喜ぶのよ。きっとさみしいのね」

夫人がこれまで口にした言葉に悪気はないのだろうが、好美はその言葉の裏に、恵まれた人の持つ傲慢さを感じてしまうのだ。

「あら小学生なのね。公立？　だとしても、これから塾の費用とか、いろいろかかるわよ。うちなんて、全部私立だったうえに、お稽古もたくさんしてたから、すごくかかったわ。それに医大も私立だったし、そりゃあ、大変だったのよ」

「はあ」

また自慢話かとうんざりしたが、直接契約の話からそれてくれたのはよかった。

「だからね。お子さんのためにも、お金は少しでも多く持っていたほうがいいのよ。時給は高いほうがいいに決まってるわよ」

また話が戻ってしまい、どう断るか素早く考える。

「マーメイドサービスからは、ほかのお宅にも派遣されているので、こちらのお宅だけそうするわけには……」

感情を害さないように言葉を選びつつ言ったが、逢坂夫人は、「もういいわ」と好美の言葉を遮《さえぎ》った。

「じゃあ、うちの時間、ちょっと減らしてもらうわ。今日も三時まででいいから。このご時世でしょ。うちだって、節約しないといけないって思ってるの」

開業医の逢坂家の家計が苦しいとはとても思えない。さっきまでは延長と言っていたのだから、おそらく意地悪で言っているのだ。それに、五時までと決めてあるのに、勝手に時間を減らされると、収入が少なくなってしまう。それだけでなく、当日の時間短縮は基本的には認められないことになっている。

「あの、今日、急にというのは……それに三時だと仕事が全部終わらないです。あと一時間しかないですし」

「とにかく、そうしてちょうだいね。終わるように頑張ってちょうだい。あなた、家事のプロでしょ」

だいぶ機嫌を損ねたようで、表情のない顔になっている。

「時間短縮は、マーメイドサービスの方に連絡していただかないと……」

「はい、はい、わかりました」

夫人は食べかけの水ようかんを残して立ち上がった。

「これ、片付けて。洗っといてちょうだいね」

一度リビングから出ていったが、すぐに戻ってきてリモコンでエアコンを消した。


ティラミスハウスに帰ると、ドミトリーには人の気配がなかった。朝食のときに風《ふう》香《か》は遅くまでアルバイトがあると言っていた。風香がいると賑《にぎ》やかでいいのだが、たまには静かなのも、悪くない。さくらも最近はよく出かけている。無愛想で態度が悪く、まわりの空気を悪くするので、さくらがいないと少しほっとする。

樹《いつき》のいたベッドには先週まで二十歳を超えたぐらいの若い子がいたが、いまは空いている。その子は契約していた二ヶ月あまり、深夜にたまに帰ってくるくらいで、話す機会もなく、いつの間にかいなくなっていた。

台所に目をやると、佐伯《さえき》がはいつくばって台所の床を水ぶきしていた。その姿がさっきまでの自分と重なり、思わず目をそらす。

「おかえりなさい」

声をかけられ、「あ、はい、ただいま」と頭を下げると、佐伯は水ぶきしていた手を止めて立ち上がった。細かい汗が顔に吹き出ていて、眼鏡が白くもっている。

「えーっと、に、西沢さんは、小寺《こでら》さんと一緒に、えっと、食事を作って食べているんですよね？」

「ええ、そうです」

「あのー、ですねー。えっと」

何を言いたいのかはっきりしなくて、いらいらする。佐伯は普段からあまりはっきりとした言い方をしない。

「えー、そのう。私も、その仲間に入れてもらえませんか？　えっと、朝食だけでも」

意外な提案に戸惑った。佐伯はスイーツエステートの人間だし、仲間に入れていいかどうかよくわからない。ワンたちが三人で住んでいたという秘密もあるので、あまり佐伯とは親しくしないほうがいいような気もする。

新たに食事の仲間に誘うのはだいたい風香なので、自分の独断では決められない。それだけでなく、あの人あたりのいい風香がなんとなく佐伯には良い感情を持っていないようにも思えた。佐伯の掃除の行き届かなさや、気の利かなさを指摘することがたびたびあったのだ。

すぐに答えられずにいたら、佐伯も返事を待っているようで、立ったままこちらをじっと見ている。答えにくいことを察して欲しいが、あまりそういう勘は働かないようだ。

「風ちゃんに訊《き》いてみますね」視線を外して小声で答える。

「ほっ、ほんとですか。ありがとうございます！ ひとりで食べるより、みなさんと食べたほうが楽しいですから嬉しいです」

承諾をしたわけでもないのに喜んでいることに、胸がちくりと痛む。根が単純で善良な性格なのだろう。

自室に入って、小さな窓を開けるが、空気はむっとしていて澱《よど》んでいた。入口のドアを三分の一ほど開けて風通しを良くし、扇風機を点けると、いくらか息苦しさは和らいだ。

お茶のあとに逢坂夫人がマーメイドサービスに電話したが、時間短縮は認められなかった。たとえ早く好美を帰しても、最初に決めた時間分料金はかかるということだった。

結局、五時までめいっぱい働いてきた。帰りに確認のサインを求めると、夫人はいつもの愛想のいい態度とは打って変わって対応が冷たかった。

自分に落ち度があるわけではないにもかかわらず、逢坂夫人の身勝手に振り回されてやりきれない。自慢話を聞くのは鬱陶《うっとう》しくても、逢坂家はどちらかというと働きやすい職場だと思っていたのに、次回から訪ねるのが億劫《おっくう》だ。

もう一軒、週二回派遣されている代々木上原の倖田《こうだ》家は、好美より若い夫婦の住むマンションで、乳児の子育てにノイローゼ気味の奥さんがピリピリとしていた。異常なほどの綺麗好きで、トイレ掃除をやり直しさせられたこともある。終始命令口調で指図するのが別れた夫に似ていた。

逢坂家の勤務時間が来週から短縮されてしまいそうで、それも困る。もう一つのバイトを増やすしかないだろう。好美は家事代行サービスだけでなく、スーパーのレジ打ちの仕事もしていた。以前は夜間にも居酒屋で働いていたが、一度激しく体調を崩してしまい、夜遅くまでめいっぱい働くのは控えている。

扇風機の前に顔をあてて涼みながら、ガラケーをチェックすると、雄斗からメールが入っていた。

「ママ、おばあちゃん、かいものにいってるからでんわできるよ」

その文面に心が躍った。電話の着信履歴もある。しかし、メール受信と電話の着信があったのは一時間前で、その三十分後には、「おばあちゃん、かえってきちゃった」というメールがあり、落胆する。

待ち受けの雄斗の画像を眺めて、深い溜息を吐く。雄斗は、ペンギンを前に微笑んでいる。あの頃の雄斗は子供らしくはじけた笑顔を見せることがあまりなかったが、このときは本当に楽しそうにしていた。雄斗が自分たちのような親のもとに生まれてきてしまったことが申し訳なくて、胸が締め付けられるように苦しくなった。

今日は雄斗がせっかく姑《しゅうとめ》の目を盗んでメールをくれていたのに、逢坂夫人の理不尽な振る舞いで頭がかっかとしていて携帯電話をチェックするのを忘れていた自分にも腹がたつ。

好美の夫だった茂《しげる》は、三年ほど前に勤めていた電機メーカーでリストラにあった。失業給付をもらいながら求職活動をしたが、プライドが高く、なかなか意にそうような仕事は見つからずにいた。するともともと高圧的な性格だったのが、ますますひどくなった。

茂は三歳年上で、高校時代の友達から誘われて行った飲み会で知り合い、一年あまりの交際期間を経て、好美が二十三歳のときに結婚した。優しくて地味な感じが気に入ったし、茂も好美がおとなしいことに好感を持ったと言っていた。

好美は高卒で、非正規雇用で事務職をしていたが、結婚後は茂の希望で家庭に入った。茂はひとりっ子で、姑が結婚生活に干渉してきた。特に雄斗が生まれてからはなにかにつけて手も口も出してきて、しょっちゅう家に来ては、好美の至らなさを責め立てた。

掃除、炊事、全てにおいて細かくチェックしては文句を言った。大卒の自分の息子に高卒の好美はそぐわないと言われ続けてもいた。好美は姑に認められようと、育児に家事全般に、必死になったが、いくら努力しても姑は気に入らないようだった。

姑の細かい性格は茂にも遺伝していて、茂は家が整然としていないと切れた。戸棚の引き出しを開けて黒いボールペンと赤いボールペンの仕分けが雑なだけで激怒し、引き出しの中の物をぶちまけて整理し直させた。

付き合っているときから神経質なのはわかっていたが、繊細で優しい人だと思っていた。しかし暮らしてみると、些細なことで切れてはねちねちと好美を追い込み、ときには物を投げたりした。

子供の夜泣きにも耐えられなかったようで、うるさくて寝ていられないと実家に行ってしまうことがしばしばあった。そんな日は翌日に姑から母乳の質が悪いから夜泣きをするのだとか、育てにくいのは好美の家系に違いないとさんざん叱《しか》られた。

茂は、自分が機嫌のいいときだけ雄斗の相手をし、面倒になるとすぐにほったらかした。

「お前はいいよな。働かないで」

茂からちくちくと嫌味を言われて、「私もパートで働くよ」と言うと、「雄斗が喘息《ぜんそく》で身体が弱いのにほったらかして働くのか。家にいるのが不満なんだろう」とつっかかってきた。

一人息子の雄斗は身体が弱く、しょっちゅう熱を出す上、喘息があった。発作のたびに救急病院に連れて行くが、茂は家にいても付き添ってくれることはほとんどなかった。雄斗が喘息もちなのも好美の遺伝だと責めた。そのセリフは姑と全く同じだった。それでも、未婚だったり、既婚でも家計が苦しくて共働きせざるを得なかったりする友人たちに比べれば専業主婦の自分は恵まれているのだと言い聞かせていた。

茂は優しいときもあり、突然ケーキを買ってきて好美の機嫌をとったり、洋服でも新調したらと月々の生活費以外にお金をくれたりすることもあった。その落差に好美は翻弄《ほんろう》され心が休まることがなかった。油断するとすぐにまた豹変し、恫喝《どうかつ》したり物を投げたりする茂の態度に、毎日神経をすり減らしていた。

雄斗が幼稚園にあがってまもなく、茂がリストラされると、彼の優しい顔はほとんどなくなった。何かの拍子に突然モードが切り替わって怒鳴り始めたり、執拗《しつよう》に絡んできたりすることが増え、雄斗も茂の顔色を見てますますびくびくするようになっていた。

ある夏の日、茂は寝室から出てこず、雄斗は音量を小さくしてジブリアニメのDVDを観ていた。「ママも観ようよ」と言われ、好美も隣に座った。

三十分ぐらい経ったとき、背後に殺気立った気配を感じて振り向くと、茂が血走った目をして立っていた。

「あ、起きてたの。朝ごはん作ろうか」

声をかけても茂は黙ったままだ。

「トーストでいいかな。それともハムも卵もあるから、サンドイッチ作ろうか？」

茂は、ふんと鼻を鳴らすと、「好美さあ」とねちっこい目を向けてくる。

心臓がどきどきとしてきたが、うん、なに、と平静を装って答えた。

「俺が苦労して職探ししているっていうのに、アニメとか観てだらだらしてんじゃねえよ。こっちは不眠気味でしんどいのにさ」

いつにもまして攻撃的だ。ただＤＶＤを観ていただけなのに、言いがかりとしか思えない。反論したいのをぐっとこらえて、「いまから作るね」と立ち上がった。

サラダとサンドイッチを作って出すと、茂は「なんだよ、こんな手抜きかよ」とケチをつけつつも、しぶしぶと手を伸ばした。

そのとき、インターホンが鳴って応答すると、書留だという。玄関に出て受け取ると、茂宛の内容証明だった。送り主は聞いたことのない「ライトオンカンパニー」という会社だった。訝《いぶか》しく思ったが、茂にそのまま渡す。茂は郵便物を一瞥《いちべつ》すると顔色を変えたが、お尻の下にはさんで、サラダをほおばった。

「ねえ、なんなの、それ。面接の結果かなにかにしては、書留で送ってくるのって大げさじゃない？」

「なんでもないよ」

「でも内容証明って珍しいから」

「なんでもないって言ってんだろ」

急に怒鳴り声になった。雄斗が身体を硬くしてこちらを向いている。

好美の危険センサーが作動し、一気に不安が襲ってくる。けれども同時にこれはただごとではない、このまま見過ごさず、内容証明の郵便物のことを問い詰めるべきだと確信した。

「なんでもないなら、見せてほしいんだけど」勇気を振り絞って食らいつく。

「なんだよ、その態度。えらそうにっ。何様だと思ってんだ」

茂はサラダの入った皿をつかむと、好美に向かって投げつけた。

なにが起きたかよく把握できずに呆然《ぼうぜん》としたまま立ち尽くしてしまう。雄斗が泣き出し、我にかえると、おでこに強い痛みを感じた。

皿は床に落ちて割れていた。雄斗と育てたミニトマトがレタスやキュウリとともに散らばっている。気づくと、茂の姿はなかった。ドアが開け放された寝室に目をやったが、そこにもいない。マンションから出ていったようだ。

雄斗が駆け寄ってきた。そのときに、皿の破片を踏んでしまう。その場で転び、さらに大きな声をあげて泣き出す。

急いで手当をすると、幸いかすり傷だった。ひっくひっくと泣き続ける雄斗をぎゅっと抱きしめる。

「ここを出ていこう」と突然思い立った。

このままエスカレートしたら、そのうち直接暴力を振るわれるかもしれない。これまで以上に茂の狂気が垣間見えた。雄斗にとってもこんな環境は絶対によくない。

好美は大急ぎで荷物をまとめ、雄斗にもいつも使っているリュックを背負わせた。茂が戻らないうちにと気が気でなかったが、どうにか玄関を飛び出し、ときわ台駅から東武東上線の上り電車に飛び乗った。

両国の実家に帰ろうかと思ったが、母がきっと茂に連絡してしまう。前に茂が切れやすいことを両親に愚痴ったことがあるが、「うちにはもったいない家に嫁に行ったんだから多少のことは我慢しろ」と父から言われ、母からは「あんたが態度を改めて茂さんを怒らせないようにすればいい」と諭《さと》されたのだった。

そもそも好美の実家は好美と雄斗を受け入れる余裕などないほどのぎりぎりの生活

だった。父は脱サラして始めた飲料水販売の事業に失敗し、身体を悪くして仕事ができない状態で、母はパートに明け暮れていた。家も狭く、転がり込むことができるスペースなどない。

暑い日で、飛び乗った電車の車両も弱冷房車で寒くはないのに、好美は身体の震えがなかなか収まらない。飛び出してきたものの、この先どうすればいいかわからず、途方もない不安に苛《さいな》まれていた。

震えを抑えようと力んだまま座席に座っていると、こめかみの上のあたりがじんじんとしてくる。さっき皿をぶつけられたところだ。

「ママ、痛いの？」雄斗が心配そうに首をかしげる。

「ううん、大丈夫よ」笑顔をつくろった。

「雄斗は足、大丈夫？」

「うん」雄斗は足をぶらぶらと振って見せる。

「ねえ、ママ。ゆうと、どこ行くの？」

「どこ行こうか」

「ゆうと、さんしゃいんすいぞっかんに行きたい」

「そうね、行こうか」

「すいぞっかん、すいぞっかん」雄斗がはしゃいだ声を出す。

池袋駅で電車を降りた。昨日スーパーで買い物をして手持ちの現金がほとんどなかったので、銀行のATMコーナーに入る。

当面必要な現金を多めにおろそうと残高照会をして、目を疑った。三日前には三十万近くあったはずの残金がまったくなかった。この口座に現金を出し入れするのは茂と好美だけなので、茂が引き出したとしか思えない。

怒りが身体の奥から湧き上がってくるが、どうしようもない。不安と焦りで動悸《どうき》までしてくる。息を整え、とりあえずサンシャインシティに向かった。

水族館の入口で入場料をカードで支払おうとしたら、カードが使用不能になっていた。うなだれてチケット売り場から離れる。

「雄斗、ごめんね。水族館入れないの」

「なんで？」

「うん、あのね、お金持ってくるの忘れちゃって」

「ママ、ゆうとのお金あるよ」

「え?」

「おとしだまと、おばあちゃんがくれたお金」

雄斗がリュックサックからきかんしゃトーマス柄の財布を出して、好美に差し出す。

「雄斗のお金は雄斗が使って」

返そうとすると、「ママ、いいんだよ」と雄斗がにっこりと笑う。

「おばあちゃんがまたくれるもん」

そのおばあちゃん、つまり姑とは今後会えなくなるのだけど、と口にしそうになったが、余計なことは幼い雄斗には言わず、雄斗の思いやりを受け止めることにした。

財布には五千円札が二枚と千円札が七枚、計一万七千円入っていた。予想以上に金額が大きくて驚く。

「雄斗、たくさん持ってるね」

「おばあちゃんがママにはひみつ、っていつもくれるの」

そうやって雄斗をてなずけようとしていたのかと思うと、今度は姑に対しての怒りがこみ上げる。とはいえ、いま、この現金があるのはとても助かる。

「じゃあ、これで水族館に入ろうか」

「うん！　すいぞっかん、すいぞっかん」雄斗がその場でぴょんぴょん飛び跳ねた。サンシャイン水族館を観て回り、束の間魚たちに癒《い》やしてもらえた。雄斗は大好きなペンギンを観ることができて大はしゃぎだった。池袋のマクドナルドでハンバーガーをほおばりながら、これからどこに行こうかと思いあぐねる。

茂はなぜお金を引き出したのだろうか。

好美はガラケーでインターネットにアクセスし、茂宛に来た内容証明の送り主である「ライトオンカンパニー」を検索してみた。ヒットした情報によると、ライトオンカンパニーは消費者金融に間違いなかった。つまり茂はサラ金からお金を借りているのだ。届いた内容証明もきっと督促状だ。

生活費の口座から勝手にお金を引き出した理由が納得できた。いったい、なにに使ったのだろう。いずれにせよあんな男のもとから逃げ出したのは正解だった。

その日は優斗のお金で安いビジネスホテルに泊まった。好美はインターネットで一晩中情報を収集し、自分が茂から受けた行為はモラハラおよびＤＶにあたると確信した。我慢する必要はなかったのだ。

それから行政のDV相談支援センターに連絡し、シェルターに保護してもらった。前からそれらの情報は把握しておいたのだ。

仕事を探し、引越し先を決めたが、茂に居場所を知られるのを恐れて住民票は移さずにいた。そんななか、相談員のアドバイスのもと、離婚調停の手続きに入ったが、調停は不成立だった。茂が離婚は絶対にしない、どうしてもというなら親権をよこせと主張したのだ。消費者金融からの借金のことも話したが、茂は姑に借金を肩代わりしてもらっていた。借金は携帯のゲームに課金してこしらえたものだった。仕事を失ってから、ゲームに夢中になっていたらしい。

好美は雄斗を無認可の保育園に預け、雄斗が寝付いてからも仕事に出て、朝から晩まで働いた。すぐに就けた仕事は牛丼チェーンと居酒屋の店員で、その二つを掛け持ちした。雄斗は保育園にもすぐに馴染《なじ》んでくれたし、気を遣っているのか、茂のこともいっさい口にせず家を空けがちな好美にも文句一つ言わなかった。その健気さが愛おしく切ない。

しかし、雄斗と二人の生活は、現実的にはとても厳しかった。雄斗はたびたび喘息の発作を起こしたが、居所を知られる危険もあるため保険証が使えず、病院では実費だった。だからなるべく家を出るときに持ってきた吸入器でやりすごした。

しかし家を出てから三ヶ月後、雄斗が大きな発作を起こして救急で病院に運ばれた。保育園で発症し、好美に連絡があったが、携帯の音を消していて気づかなかった。

留守電を聞いて駆けつけると、救急外来には姑と茂の姿があった。保育園の職員が、すぐに好美と繫《つな》がらないことを懸念して雄斗のリュックサックの内側にマジックで書いてあった電話番号に連絡したのだった。そこには、ときわ台のマンションの電話番号が記されていた。うかつだった。

姑は好美を見るなり、「この鬼女」と罵《のの》り始めた。茂も唇を歪《ゆが》めて好美を睨《にら》んでくる。

「とにかく、雄斗は連れて行くから。おふくろが面倒見る」

茂が言うと、「あんたはここから出て行け」と姑から憎々しげに顔をしかめられた。

好美は点滴を打って眠っている雄斗に心のうちで別れを告げると、病院をあとにした。雄斗の健康を考えると、ここは一旦引き下がらざるをえなかった。涙に暮れる夜を過ごしたが、正式に親権を勝ち取ることしか方法はなさそうだった。

しかし、その後の離婚裁判では、親権を認められず、好美はひとりきりになってしまった。そして雄斗と二人で住んでいたアパートを引き払い、シェアハウスに越してきたのだった。雄斗と茂は代田橋の茂の実家に暮らしているので、少しでも近くにいたくて安い物件を探していたら、一つ隣の明大前のティラミスハウスを見つけた。敷金、礼金もなく、引越しの費用もほとんどかからなかった。好美はここに暮らして、少しでもお金を貯めて生活を安定させ、親権を奪い返す訴《うった》えを起こすつもりでいる。

過労で体調を崩したりもしたが、くじけたくはなかった。

姑からｉＰｈｏｎｅを買ってもらった雄斗は、舅《しゅうと》や姑の目を盗んではメールや電話を寄越した。雄斗は父親の携帯を盗み見てアドレス帳から好美のメールアドレスと番号を知ったそうだ。まだ一年生なのに我が子ながら賢いと感心してしまう。

舅と姑は舅の退職金と年金で悠々自適な生活を送っていた。小金があり、雄斗を甘やかしていた。雄斗はママに会いたいと言ってはくれるが、わがままを許してくれる祖父母のもとで、まんざらでもない生活を送っているようで、好美は危機感を覚えていた。親権を主張しても、雄斗自身が父親や祖父母のもとにいたいと言えば、どうしようもない。

雄斗の喘息は変わらずひどくて、二ヶ月前にも発作を起こして入院した。そのとき、病室から電話をくれて、「ママもiPhoneだったらテレビ電話ができるんだよ」と言っていた。

扇風機から顔を離した好美は、開けたドアを閉め、カバンの奥底から濃いピンク色のカバーのついたiPhoneを取り出した。広島に帰ってしまった古畑《ふるはた》樹のものだ。彼女は肌身離さずこれを持っていた。親にも毎日のように連絡しているとも言っていた。好美は一緒に食事をしながら、隣で樹がパスワードを入力するのを眺めていて、8325という番号を覚えてしまっていた。そして、ある晩に樹が居間のちゃぶ台の上にiPhoneを置きっぱなしにしてあるのを発見し、つい手を伸ばしてしまったのだ。

フェイスタイムという機能で雄斗の顔を見て話がしたかった。一度だけでよかった。姿を確かめたかった。

もし話ができたら、履歴を削除してすぐに返すつもりだったが、なかなか雄斗と連絡できる機会がないうちに、樹に返すタイミングを失った。当初は居間の食器棚の上にでもさりげなく置いておく予定だった。

だが、いざ雄斗と話せるタイミングだったときには、樹のｉＰｈｏｎｅは契約を解除してしまったのか、使用することができなくなっていた。

樹に恨みなんてこれっぽっちもないが、さして苦労のなさそうな樹に対しては、心の底からの罪の意識はなかった。きっと彼女は新しいものを購入しているに違いないのだ。好美のように、一円でも惜しんで生活している立場とは全く違うのだから、スマートフォンを紛失したぐらいどうってことないだろう。逢坂家と同じで樹の実家が開業医だということも、罪の意識を薄めていた。このｉＰｈｏｎｅはどこかに売り払い、現金にしてしまってもいいかもしれない。ほかの住人に疑いをかけてしまったことは後ろめたいが、いまはもうみんな樹のｉＰｈｏｎｅのことなどすっかり忘れてしまっている。

いやいや、それでも、やはり盗みはいけない。雄斗に胸を張れないようなことはするべきではない。

ｉＰｈｏｎｅをポケットにしまい、自分のガラケーを開く。待ち受けの悠斗の画像をもう一度眺め、雄斗のぬくもりを思い出そうとする。ワンルームのアパートに朝方帰り、深く眠っている雄斗に寄り添って寝た。寝汗をかく雄斗を、うちわで扇いでやった。

好美が面会を申し出ても、姑が会わせてくれないので、雄斗とはかれこれ半年以上会っていない。小学校の校門で待ち伏せして遠くからそのランドセル姿を眺めたのは先月のことだ。もう一度雄斗をこの手で抱きしめることができるのだろうかと思うと、気持ちが萎《な》えそうになる。

涙で画像がぼやけてくる。手で目を強くこすって、時刻を確かめると、午後七時を過ぎていた。

好美は夕飯の支度のため階下に降りて行った。キッチンに誰もいないのを確かめて、樹のｉＰｈｏｎｅをポケットから取り出し、食器棚と壁の隙間の床に置いておく。奥にゴキブリの死骸があって息を呑んだが、見なかったことにした。

台所でキャベツを刻んでいると、風香が「今日のメニューなんだっけ」とそばに寄ってきた。

「豚肉の生姜焼き風」

ロース肉でなく、安い細切れ肉を焼くので、「風」になる。

「わー、楽しみ。好美さんの料理、ほんと、なんでも美味しいから」

こうして喜んでくれる人がいることにやりがいを感じている。

食の細い雄斗にメニューを工夫して少しでも多く食べてもらおうとしていたことを思い出す。雄斗はハンバーグが好物だった。一緒にひき肉をこねてハンバーグのたねを作ったこともあった。

「好美さん、手伝うよ」風香が皿を用意し始める。

「あ、そうだ。風ちゃん。佐伯さんがね……」

風香の眉毛がぴくっと動いた。

「佐伯ちゃんが、なに？」

「ごはんの仲間に入れて欲しいって……」

「えーっ。どうだろう、それは」

やはり難色を示した。

「朝食だけでも、って……」

佐伯の無邪気な顔が頭に浮かぶ。

「でも、それって、費用の計算が難しくないかなあ」

「まあ、確かにそうね……」

どうやって佐伯に断るべきかと考えると憂鬱だ。まさか断られるとは思っていないに違いない。

「じゃあ、一緒の席で食べるだけでも。ひとりで食べるのも、さみしいんじゃない」

佐伯はこれまで遠慮しているのか、好美たちが食事を摂っているときには、居間のそばに近寄らなかった。そう考えると、鈍感に見えるけれど彼女なりにいろいろと気を配っているのかもしれない。

「うーん。一緒に食べるだけなら……まあ、いっか」

風香は渋々という感じで言うと、「毎回ってわけじゃないしね」と自分を納得させている。

支度が整い、風香と二人で夕飯を食べていると、佐伯が帰ってきた。

「あ、佐伯さん、さっきの……」

好美が話しかけようとすると、風香が、「佐伯ちゃーん」と大きな声を出した。

「食事の件だけどー。朝ごはんだけっていうのは、お金の計算が面倒なんだよねえ。だからさあ」

「あ、そうですよね。じゃあ、えっと、できるだけ夜もご一緒します」

佐伯は勝手に都合よく解釈しているようだ。

「そうじゃなくって……」

「えっと、たぶん残業もあるので、必ずってわけにはいかないんですけど」

「それは、みんなそうなんだけど」

満面に笑みを浮かべている佐伯に対して、風香もさすがにそれ以上言えなくなってしまっている。

「よろしくお願いします。えっと、買い出しも行けるときは手伝います」

「う、うん」

風香は断るのを諦めたようだ。

好美は佐伯が加わってくれることが嬉しかった。人数が増えるとひとりあたりの費用も少なくなるし、作りがいもある。

「今日はお弁当買ってきたんです。一緒にここで食べてもいいですか？」

「もちろんどうぞ」

風香がなにか言う前に好美が答えて、「お味噌汁まだ少し残ってるから、飲みます？」と続けた。目の端に入った風香の顔は憮然《ぶぜん》とした表情になっている。

「わあ！　ありがとうございます」佐伯の方はすごく嬉しそうだ。

味噌汁を佐伯に出し、三人で食卓を囲んだ。

「あの、えっと、また不審な男を見たって、こ、小寺さん、言ってましたよね」

佐伯が訊いたが、風香は、「あたしの気のせいかもね」とぶっきらぼうに答えた。

「え、そうなの？　またいたの？　じゃあ、樹ちゃんを捜してたんじゃないのね。なんだか不気味ね」

好美が言うと、風香は、「しかたないんじゃない、そういう人がいるのもさ」と投げやりな言葉を吐いた。

「ここは、みんないろいろ事情アリの集まりだから、誰を目当てにウロウロしてるかわかんないよね。借金の取立てとか？　隣の空き家だって、なんだかよくわかんないし。あ、不審者というか、単なる変態《へんたい》ってこともあるんじゃないの。ま、あたしとか佐伯ちゃん、それにさくらちゃんもターゲットにはならないだろうけど、暗ければ被害に遭うかもしれないよね。とにかく、佐伯ちゃん、しっかり見張ってよ」

風香はそう言うと、ごはんを口につっこんだ。なんだか、いつもより物言いがきつい。

「えっと、あの、ふ、不審者のことは、社長に伝えておきました。私も、なるべく、えっと、気をつけて周辺を見るようにします」佐伯が焦りつつ答えた。

それからは、饒舌《じょうぜつ》なはずの風香はほとんど喋らず、佐伯が次回のイベントについて話し始めた。シェアハウスのメンバーで花火を見に行く、というものだった。イベント好きな風香なのに、その話にも乗らない。佐伯は気の毒なまでに風香を気にしていて、好美はいたたまれなくて、なるべく佐伯に相槌《あいづち》を打ってあげた。

ドミトリーの引き戸が開いて、さくらが帰ってきた。

「おかえりなさい」と佐伯が声をかけると、さくらはぎょっとした顔になり、こちらを見た。その手にはレジ袋を提げている。

「あ、えっと、お仕事見つかりましたかぁ」

佐伯の質問にさくらは、「あ、うん、まだ」と答えた。風香が声をかけたときに無視するのとは違って、佐伯にはちゃんと返事をするのが不思議だ。

「えっと、下山《しもやま》さんもこっちで一緒に食べましょうよ。あの、ですね。社長もですね、いつも、言ってるんですけどね。住人同士のコミュニケーションがすごく大事で、えっと、それが思わぬパワーになったりするって……」

「私は、いいって……」

どことなくさくらが佐伯に気を遣っている感じがある。

「あ、そう言わずに、みんなで食べましょう。えっと、お互い困ったこととかあったら、その、助け合えるって、その、えっと、社長も、いつも言います」

さくらはうつむいて、「でも……」といつになく弱々しい調子で言った。

「さくらちゃん、無理することないよ」

風香が言うと、さくらが顔をあげた。

「いやいや一緒に食べても、ごはん、美味しくないしね」

刺々《とげとげ》しい言い方は、やはり風香らしくない。明るくて感じがいい姿と、このように辛辣《しんらつ》な一面と、どちらが本性なのだろうかとふと思う。

「下山さん、あのぅ、気にしないで、えっと、そうです、堂々と暮らしましょうよー」

好美は佐伯の言葉の意味をわかりかねた。風香も眉根を寄せている。さくらは、不安げな表情になっている。

「佐伯さん、あの、その……」

さくらは焦っているようにも見える。

「えっと、生保だって、その、ここでは、恥ずかしいことじゃないですよ。みんな、そのぅ、いろいろ事情があるんですから－」

佐伯が悪びれずに言った瞬間、さくらの表情が凍りついた。風香は首をかしげている。好美も、耳を疑った。

さくらはうつむいて踵《きびす》を返すと、ティラミスハウスから出ていった。

「生保って、生活保護よね？」好美は思わず確かめた。

「えっ、あっ、と、あの、みなさん、知っているかと思いました」

佐伯は味噌汁をすすったあと、言葉を続ける。

「私の住んでたとこ。あの、団地というか。そこはたくさんそういう人いましたよ。だからこのシェアハウスでも、えっと、生保だからって肩身が狭いなんてことないですよね？　あの、みんなで、その……仲良く、助け合いましょうよ」

佐伯は、何の疑いも持っていないような素直な顔で言った。

「でもねえ。さくらちゃんが生活保護って、なんかね。その割には偉そうだし、感じ悪いし。生活保護を受けてるなら、もっと謙虚にするべきじゃない?」風香は小さく首を横に振った。

好美は黙っていたが、次第に腹が立ってきた。雄斗と二人で暮らしていたときも、朝から深夜まで倒れる寸前まで働きづめで、ものすごく辛かった。離れて暮している いまも、決して楽ではない。それでも生活保護を受けようなんてこれっぽっちも考えたことはなかった。自分でなんとかしなければ、と思って頑張ってきた。

それなのに、買ってきた弁当ばかりで自分で作って節約しようともしない、寝てばかりで怠けているようにしか見えない、しかも性格も悪く気楽なひとり身で、身体もいかにも頑丈そうな、年齢も好美より若いさくらが生活保護を受けていることが許せない。その費用は、必死で働く好美たちのわずかな給料から取られる税金でまかなわれているのだ。

もしかして不正受給?

まさかそんなことはないだろうが、さくらに対して、怒りの感情がおさまらない。

ごはんを口に入れても、まるで砂をかんでいるようだ。濃い味付けの豚肉でさえ、味がよくわからなかった。

雛

連日酷暑が続き、佐伯雛《さえきひな》はばて気味だった。事務所やシェアハウスの掃除も辛いし、内見の案内も体力を消耗する。報告書を書いたり、事務仕事をこなしたり、早朝から夜遅くまで、やることはやまほどあった。フルタイムで働くというのは、本当に大変だと日々実感している。

ティラミスハウスの住人も、暑さに耐え切れず唯一クーラーの据えられた居間に集まりがちになっている。外出以外は自分のベッドに入ったきりの下山《しもやま》さくらと、真夜中に帰り早朝には出てしまうワンウェイはほとんど顔を見せないが、風香《ふうか》などは、居間に入り浸《びた》りだ。カーテンを開けていてもクーラーが自分のベッドまで行き届かないと言って、朝までそこで寝てしまうこともある。

住人がいるあいだクーラーはつけっぱなしになるので、電気代が高くなる。少しでも節電するように磯野《いその》社長から言われているが、なかなかそうもいかない。雛がクーラーを消すと、誰かがすぐに気づいてまた点《つ》ける。実際のところ、クーラーが点いていないと蒸し暑さで息苦しいので、仕方がないとは思う。

今日も午前七時半に好美《よしみ》と風香と雛の三人で朝食の席に着いたときには、すでに三十度近かった。効きの悪い古いクーラーがゴーゴーと音を立てている。近くにあったリモコンを確かめると、クーラーは「強」でフル稼働だった。せめてあとで「中」に変えようと、フォークを持っていない左手で気づかれないようにリモコンをそっとそばに寄せる。

「佐伯ちゃんって、フォークの持ち方、なんかちょっと変だよね。箸もだけど」

風香に話しかけられて、ビクッとしてしまう。

「えっ、あ、そう、なんです。握って持っちゃうのが直せなくて」

フォークや箸の持ち方なんて誰も教えてくれなかったうえ、中学生になるまでその持ち方が変だということにも気づいていなかった。だから気を抜くと握り箸の癖が出る。

「あ、佐伯ちゃん、今日って、内見に来る人がいるんだよね」

「あ、あ、えっと。ご、午前中と午後に、えっと、一件ずつ、あ、案内する予定です」

「ふうん、じゃあ」マーガリンを塗りながら風香がさらに訊《き》いてきた。「パンツは取り込んどいたほうがいいよね」

「えっと。そうですね。そのほうが……」

風香は、めんどくさっ、と呟《つぶや》くと、食パンを乱暴に皿に置いて立ち上がった。さっき夜勤明けで眠いと言っていたので、不機嫌なのかもしれない。

するとカーテンを開けて出てきたさくらとぶつかってしまい、身体《からだ》の小さな風香はよろめいた。

「いったあー」

風香は接触した右腕をさすりながら、「気をつけてよね」と刺々《とげとげ》しく言う。

「ごめんなさい」

さくらは大きな身体を縮こませるように恐縮し、ペコペコと頭を下げている。

「ったく、もう」

風香は憮然《ぶぜん》として自分のベッドのカーテンを開け、ショーツをハンガーごと放り込んだ。そしてすぐに食卓に戻ってきて、ふたたびパンにマーガリンを塗り始めた。好美も下を向いてトーストを口に運んでいる。

さくらは、上目遣いで雛の方に視線をよこしていた。

雛はいたたまれない空気の中、自分がなにか役に立てることはないかと必死に考える。社長はいつも住人のコミュニケーションがうまくいくように気を配れ、そのために社員が一緒に暮らしているのだからと言っていた。

「あの、し、下山さんも、ここで、えっと、朝ごはんを食べましょう」

声をかけると、好美、風香の二人が、雛に鋭い眼差しを向けてきた。さくらは、二人に気圧《けお》されて、その場に固まったままでいる。

「ごちそうさまっ。あたし、寝るわ」

風香がトーストをくわえたまま立ち上がり、さくらの横を通って自分のベッドに入ってしまった。

唖然《あぜん》としていると、好美も「私もごちそうさま」と、立ち上がる。トーストは三分の一ほどしか食べていない。ちゃぶ台の真ん中に置かれた目玉焼きとマヨネーズのかかったキュウリのスライスには二人ともほとんど手をつけていなかった。

「えっ、えっ。まだ、残ってますけど」

「佐伯さんが食べていいわよ。悪いけど、お皿は洗っておいてね」

好美はそそくさと階段を上がっていってしまった。雛は自分がさくらに声をかけたことがまずかったことにようやく気づいた。

気を利かせてしたことがなんでいつも裏目に出てしまうのだろうと、悲しくなってくる。食パンを口に突っ込んで、うなだれた。

さくらがそばに寄ってきて、あの、佐伯さんと、小声で言った。眉間に皺《しわ》が寄っている。余計なことをしたから怒っているのだろうか。

「んぐ」パンを慌てて飲み込む。

「下山さん、なんか、すみません」謝るが、さくらは渋い表情のままだ。

「あとで、人がここに来るんですけど」

そう言ったさくらをよく見ると、彼女は怒っているというよりは、緊張しているような面持ちだった。

「あ、そうなんですか。えっと、えー。女性ですか？　男性でもご家族なら入っても問題はないですけど」

「あ、いえ、そうじゃなくて……」

さくらはそこで言いよどみ、小さく息を吐いた。雛は黙って次の言葉を待つ。

「あの、ちょっとここでは話しにくいので」

さくらは、風香のベッドを横目で見てから、引き戸を開けて玄関の方に行った。雛が立ち上がってついていくと、さくらは靴を履いて玄関の外まで出た。

外は快晴で強い陽射しだった。今日はいちだんと暑くなりそうだ。雛とさくらの立っているひさしの下はかろうじて日に当たらずにすむが、それでもクーラーのある居間に比べるとすでに温度がかなり高い。わざわざこんなところで話さなければならない話とはなんだろうか。

「男性のケースワーカーさんが来るので……」さくらはうつむきがちに小声で言った。

「ああ、ケースワーカーさんですか」

祖父と暮らしていた頃は生活保護受給世帯だったので、事情がすぐに理解できた。受給者は、定期的にケースワーカーの訪問を受けるのだ。

「ええっと、それで、何時に来るんですか」

「十時です」さっきからさくらは下を向いたままだ。

「えっと、じゃあ、私、その時間は、ほかのハウスの内見を案内しますね。たぶん男性でも、ええっと、ケースワーカーさんなら大丈夫です」

「ありがとうございます」

一礼して顔を上げたさくらと雛の視線がぶつかる。さくらは目をそらしながら、あのそれで、と呟いた。

「あ、はい、なんですか」

「生保のこと……周りの人に言わないでほしかったんですけど」

「え、あ、す、すみません」慌てて頭を下げた。

さくらは何も言わず、引き戸のドアを開けて戻ろうとする。

「あの、下山さん」

呼び止めると、さくらはこちらを振り向いた。

「えっと、私、じーちゃんと住んでたんですけど……生保でしたし、団地にも多かったですし、友達にもいたから……」

「うちだって生保だったけど、散々周りの人から白い目で見られてきたよ。いじめにもあった。ここの人たちだって、生保だってわかったとたんに態度を変えたじゃない。

さっきだって……」

声がつまり、瞳が濡れているさくらを見て、雛はうろたえた。

「あ、その、えっと、そんなつもりはなくて、えっと……」

「コンビニ行ってくる」さくらは走り去った。

雛のせいで、さくらが傷ついてしまったことはわかるのだが、どうしたらいいかわからない。生保のことを住人たちに知られてしまったことはいまさら取り消しにはできない。

雛は沈んだ気持ちで居間のスペースに戻る。食欲はなかったが、すっかり冷たくなったトーストと目玉焼きはすべて食べるつもりだ。キュウリは苦手だが、いまたくさん食べておけば昼食代を浮かせることができる。とにかく少しでもお金を貯めたい。最低限の生活費以外は、切り詰めたいのだ。

硬くなったトーストを頰《ほお》ばりながら、自分は常識に欠けているのだとつくづく思った。しかし、正直言うとなにが常識かということがわからないことが多い。

高校を中退していた母の安奈《あんな》は十七歳で雛を身ごもった。父親が誰だかはっきりしなかったそうだ。雛と名づけたのは母で、その可愛らしい名前と自分の見た目とのギャップで雛は恥ずかしい思いを何度もしてきた。ひどい人は、雛の名前を知ると、苦笑いを浮かべたり、くすっと吹き出したりする。

母は雛を産むと、自分の母親に預けて遊び歩き、ふたたび妊娠した。雛が二歳のときだった。祖母は離婚していて、北千住で小さなブティックをやっており、雛は昼間、祖母におぶわれて店にいたようだった。祖母は母については諦めていたらしいが、孫に罪はないからと面倒を見てくれていた。

今度の妊娠は相手もわかっていて、母は婚姻届を出し、雛と実家を出ると、男とともに新しい生活をスタートさせた。男は母より三歳ほど年上で、日雇いの建設作業員をしていた。雛にはぼんやりとした記憶しかないが、その男は切れやすく、ときおり暴力を振るい、雛や弟の玲《れい》にも手を上げることがあったという。母は最初耐えていたが、雛が五歳になると、とうとう子供二人を連れて家を飛び出した。母は最初は実家に戻ったが、男が捜しに来たのでただちに逃げ、住民票を実家に残したまま、都内各地を転々とした。母が働いているのか、遊んでいるのかは判別できなかったが、雛と玲をアパートに置いたまま出てしまうことが多かった。夜になっても戻らないこともあり、玲と二人で不安な夜を過ごしたことがよくあった。よく知らない人の家に一時的に預けられたり、今思うとラブホテルらしき薄暗い宿に取り残されたりしたことも憶えている。

退屈でも外に出ることは禁じられていた。母の置いていったカップラーメンや菓子パンなどの食べ物がなくなってひもじい思いをした記憶がある。そんな生活が三年程続き、やっとのことで離婚できた母は雛と玲を連れてまた北千住の実家に戻った。祖母の家に戻ったとき、雛も玲も虫歯だらけだった。

そのときの雛は八歳になっていたが、保育園にも小学校にも通ったことがなかった。祖母のところに落ち着いて初めて小学校に通うようになった。二年生の終わりで、当然ながら読み書きもできず、授業はまったくちんぷんかんぷんだった。黒板の字もよく見えない。クラスメートともどう接していいかわからず、友達もできなくて、すぐに学校を休みがちになってしまった。一方、玲は保育園に入り、最初のうちは、落ち着きがなく、友達を急にぶったりするなど、問題のある行動もあったらしいが、少しずつ馴染《なじ》んでいった。

母は実家に戻ると派手な格好で出歩くようになった。家にいないことが多く、雛と玲に関心も向けてくれなかった。それでも祖母は優しくて、学校に行かない雛を責めることなく、いつも細い腕で抱きしめてくれた。だが、母に抱きしめてもらった記憶はまったくない。

　祖母のところに戻って半年後に、母はとうとう雛と玲を置いて新しい男のところに行ってしまった。それから母の行方は知れず、会っていない。

　雛の記憶のなかにある母は綺麗に化粧をし、明るい色に染めた長い髪をした若い女性の姿だ。思い出してもまるで他人のようにしか思えない。懐かしいとか会いたいなどとはちっとも思わない。

　祖母はしばらく母を捜したが、見つからないままだった。そして、雛が小学五年生になった頃ぐらいから祖母の体調が芳《かんば》しくなくなって、床に伏せりがちになった。雛は痩《や》せ細ってしまった祖母のそばに四六時中ひっついていた。

　六年生になった春、祖母が入院してしまい、今度は祖母の家にきょうだい二人だけで残されることになる。

　ブティックの隣にあるパン屋の田辺《たなべ》夫妻が雛と玲を気にかけて、残ったパンをくれたり、ごはんも食べさせてくれた。中年の夫婦で子供はおらず、雛と玲に以前から声をかけてくれた優しい人たちだ。

祖母が入院して二週間ほどしたある日、田辺さんのご主人が雛を病院に連れて行ってくれた。田辺さんが気を利かせて席を外し、病室でふたりきりになると、祖母は雛の掌《てのひら》を握り締めた。祖母の腕には点滴が刺さっていた。

「ごめんよ」

「なんで謝るの」

「あたしが安奈をちゃんと育てられなかったから、あんたたちがつらい思いして」

「ばーちゃんがいてくれるから、つらくないよ」

祖母は目を閉じて考え込んでいたが、雛、と口を開いた。

「田辺さんがじーちゃんとこに連れてってくれるから」

「じーちゃん?」

「そう、じーちゃんだよ」祖母が真剣な顔になった。

「連絡しといたから、荷物をまとめて、玲と一緒にじーちゃんとこに行きなさい」

「嫌だよ。ばーちゃんとずっと一緒にいる」

雛は祖母の薄い身体に抱きつく。祖母は雛の頭を撫でてくれた。

「ばーちゃんも、雛や玲とずっと一緒にいたいよ」

「じゃあ、なんで、じーちゃんとこに行けって言うの」

雛が顔を上げると、祖母は目尻に涙を溜めていた。

「ばーちゃんは身体が悪くなっちゃって、雛たちのこと、もう面倒見れないんだ」

「治るまで、あたしが玲の世話もするし、なんでもするよ。ばーちゃんが病院から戻ったら、手伝いもするよ」

「雛、ごめん。ばーちゃんの病気は治らないんだよ」

祖母は目を閉じた。その拍子に涙がこぼれ落ちる。雛は何も言えなくなった。

「さあ、もう行きなさい」

祖母は目をつぶったまま静かに言うと、雛の手を放した。

「ばーちゃん」

必死に呼んでも、祖母は目を開けず、雛に背を向けてしまう。

「ねえ、ばーちゃん」

身体をゆすっても、反応してくれない。

雛は泣き出したい気持ちを必死におさえた。うつむいたままとぼとぼと歩き、病室の外に出る。

祖母の姿を見たのはそれが最後だった。祖母は、以前患《わずら》った子宮がんから転移していたがん細胞が全身に及んでいた。だが、そのときは祖母の病気ががんであることも知らされていなかったので、雛は祖母に捨てられたのだと思ってしまった。一ヶ月後に祖母が亡くなったことを祖父から聞いて、驚いた。祖母にもう会えないと思うと、大切な人を失った悲しみがこみ上げてきた。祖母の瘦せ細った身体の感触が蘇《よみがえ》り、胸がかきむしられるように苦しくなった。

祖母を見舞った日の午後、雛と玲は田辺さんに連れられて祖父のもとに行った。事情のわからない玲は、悲しくて落ち込む雛とは対照的に、田辺さんの車に乗れたのが嬉しかったようで、浮かれ気味だった。玲は車が大好きだったのだ。

祖父の住まいは豊島区の団地の一階にあった。車を敷地内に停めて降りると、そこはものすごく古くて、寂れたところだった。植え込みは雑草が伸び放題で、自転車が錆《さ》びたまま放置されている。

団地は五棟ほどある公営住宅だった。三階建てで、窓際に布団や洗濯物が干されているが、人の気配はそれほどなく、静かだった。コンクリートの外装は薄汚れていて、灰色で不気味に見える。怯えて歩調が遅くなり、田辺さんに「大丈夫だ」と背中を押された。

　敷地の入口に一番近い棟の暗い階段を三段だけあがり、祖父の部屋のチャイムを押す。中から、はい、と声がしたので玄関を入ると、台所の椅子に座っていた祖父が「来たか」と言った。雛と玲を、目を凝らすようにして見る。玲はきょとんとした顔で立っていた。雛も初めて会う祖父をじっと見つめてしまう。すきっ歯がすごく汚れていて、瞳の白目が黄色く濁《にご》っている。

　祖父は身体の大きな人だったが、右足の膝から先がなかった。ついそこに目がいってしまう雛に気づいた祖父は、「これはな」と言った。

「交通事故のせいだ」

　雛が黙っていると、祖父は杖《つえ》を支えに立ち上がり、近寄ってきた。

「雛は、安奈に似てないな。玲はそっくりだ」

　玲はよく人から「可愛い子だ」と褒《ほ》められていたが、雛はそんなことを言われたことが一度もない。

「とにかく、部屋は二つある。寝ることはできるから、暮らせるだろう。荷物を奥の部屋に置きな」

そう言って椅子に戻ると、テーブルの上にあった煙草に火を点けた。

「さ、じゃあ、部屋に入りなさい。私はここで帰るから。な」

優しく言ってくれた田辺さんが帰ってしまうのが嫌で、雛は田辺さんの服の裾《すそ》を引っ張った。すると田辺さんは、雛の肩に手を乗せ、視線を合わせて頷《うなず》いた。

「雛ちゃん、大丈夫だよ。寂しくなったら、おじさんとこに電話しなさい」

そう言って名刺を取り出し、「ここに、電話番号があるからね」と渡してくれる。

雛は、こくん、と頷いた。

祖父はまったく感情がないかのように、笑いもしなければ怒ることもなかった。口数もそう多くなく、ただ、生きている、そういう感じだった。生活保護で暮らしていた祖父は、ほとんど一日中家の中にいて、ラジオを聴いていた。一応食事は作ってくれるが、白いごはんに一品のおかず、あるいは具のないうどんなどの粗末なものだった。食卓での会話もいっさいなく、いただきますやごちそうさまの挨拶《あいさつ》もなかった。

それぞれがただ、食べ物をかきこんで、終わると席を立つだけだ。雛は料理を手伝い、買い物にも行き、家事も引き受けたが、祖父はとくに感謝してくれることもなく、いつも表情の乏《とぼ》しい顔をしていた。

雛は新しい小学校に通い始めたが、勉強にまったくついていけなかった。授業中ひたすら時間が過ぎるのを待つばかりで、黒板を見つめていると、視界がぼやけて眠くなってくる。眠ると先生に叱《しか》られるので、必死に目をこすって耐えた。体育も不得意で、音楽もわけがわからない。楽しみは給食だけだった。

玲は、すぐに馴染んで友達もできたようだったが、雛の方はやはり友人ができなかった。構われるのはいじめられたときのみだ。机の上にゴミが置かれていたり、教科書がなくなったりということがあったが、反応が薄くてつまらないのか、いじめの対象はそのうち移ってしまった。しかし、無視されてひとりぼっちになったかと思うと、また突然いじめられるといったことが繰り返された。

たまに友達に気まぐれに話しかけられるとまたいじめられるのかと焦って、言葉がどもりがちになった。授業中に当てられても、焦るあまり、えっと、えっと、という言葉しか出てこない。そのうちくすくすと笑い声が漏れ聞こえてきたりして、余計に言葉が詰まってしまう。友達の顔も霞《かす》んで見えて、なにもかもがうすぼんやりとして、ぼーっとなってくる。しまいには、先生に「もういい」と言われて、席に着く。そんなことが続いて、先生も雛を指さなくなった。雛は置物のようにただ教室にいるだけの存在だった。

学校に行くのがどんどんしんどくなり、休みがちになったが、祖父からは「俺らみたいな人間が勉強しても仕方ないからな」と、特に注意もされなかった。昼間家にいても、テレビもなく退屈なので団地の敷地内をうろうろと徘徊《はいかい》するが、年寄りばかりでつまらない。

ある秋の日、団地の草むらに座ってぼうっとしているうちに眠ってしまった。夕方になって起き上がると、お尻のあったあたりの草が赤くなっていた。びっくりしてズボンの後ろ側を確かめると、赤黒くなっていた。

何が起きたのかわからず、血の気が引いていく。自分も、祖母のように、病に冒されてしまったのだろうか。

祖母の痩せこけた顔が思い浮かび、懐かしくてたまらなくなった。

祖母に会えるのだったら、死ぬのも悪くない。

雛はそのまま、もう一度草むらに寝っ転がった。日が落ちて星が見えるほど暗くなっても祖父も弟の玲も捜しに来ることはなかった。だが、さすがに夜も更けてくると、寒くなってきたので、自ら部屋に戻った。

下着もズボンも汚れていたが、見つからないように注意し、トイレで着替えた。だが新しい服に替えても、出血は止まらず、また汚れてしまう。どうしていいかわからず、とりあえず雑巾《ぞうきん》を重ねて下着と股の間に挟んだ。翌日も出血は続き、トイレで何度拭《ふ》いても、赤い血がペーパーにつくのを見て、恐ろしくなってきた。

それから雛はもらった名刺のことを思い出し、田辺さんに電話をかけた。すると、田辺さんの奥さんの尚子《なおこ》さんが生理用品を持って、すぐに駆けつけてくれた。そしてとりあえず北千住の田辺さんの家に連れて行ってくれた。雛は、生理のことを何も知らなかったのだ。尚子さんは、これから月に一回程度生理が来ることや、ナプキンの使い方を教えてくれた。そして、生理になったことはめでたいことだと言って、抱きしめてくれた。雛は自分の身体が異常ではないと知り、ようやく胸をなでおろした。

だが雛は、田辺さんのパン屋の隣にあった祖母のブティックがディスカウントの菓子屋になっているのを見て、とても寂しい気持ちになった。

落ち込む雛を気遣って、田辺さんは、普段の暮らしについてさまざまな質問をして話しかけてくれた。そして雛が頻繁に学校を休んでいることを知ると、渋い顔になった。

「学校はなるべく行った方がいいよ」

「勉強がぜんぜんわからないから……」

「そうか……んー」田辺さんは腕を組んで考え込んでしまう。

そのとき、尚子さんが、お赤飯を運んできた。

「これはね、雛ちゃんのお祝い」

「わあ、お祝いだと、食べるんだね、このごはん。玲が五歳の子供の日に、ばーちゃんが作ってくれたことがあるよ」明るい気持ちが戻ってくる。

「玲くんは元気なの？」

「玲はサッカー始めた。友達もたくさんいる」

父親は違うが、玲は自分と血が繋《つな》がっているとは思えないほど、人付き合いが得意だ。

「今度一緒にいらっしゃいよ。二人の好きなフレンチトースト作るわよ」

「うん、そうするね」

尚子さんのフレンチトーストは、世界一美味しいと思う。食パンを、卵と牛乳に浸して味付け、バターで焼くあいだ、雛は待ちきれず、尚子さんのそばにひっついてその工程を見守っていた。出来上がるやいなや、はちみつをかけて、玲と二人であっという間に平らげたことを覚えている。

「そうだ」と田辺さんが、何かを思い出したように膝を叩いた。

「雛ちゃんが住んでるとこ、豊島区だったな」

「うん」

「なら、ばっちりだ。実はね、……」

以前田辺さんの店で学生時代にアルバイトをしていた女性が、今はNPO法人で学習支援をしていること、その場所が豊島区であることを教えてくれた。週に一回、放課後に当たる時間に区の施設などを借りてボランティアの学生や大人たちが小中学生に勉強を教えてくれるのだそうだ。

「雛ちゃん、そこに行けばいい」

「でも、勉強ぜんぜんできないから」

「そこはね、掛け算からやり直している中学生もいるみたいだよ」

「ほんとに？」

「最初は僕が一緒に行くよ」

こうして田辺さんに連れられて無料学習支援に行くようになった。田辺さんの知り合いは、鶴岡《つるおか》さんという三十代の女性だった。彼女はボランティアのリーダーのような存在だ。

そこではボランティアのスタッフが丁寧に勉強を教えてくれた。雛はほとんどわからなかった算数を一年生からやり直し、漢字を一生懸命覚えた。出された宿題をやると褒められるのが嬉しくて、自ら頼んで宿題も増やしてもらった。少しずつ理解が進むと、やる気が出てきた。

視力が相当悪いのではないかと鶴岡さんに指摘され、眼科にも行った。これまで健康診断を学校で受けたことがなかったので、視力の悪いことに気づいていなかった。霞んで見えるのは、頭がぼーっとしているからだと思っていた。眼鏡を買おうとすると、祖父はお金を出すのを渋ったが、しつこく頼んで買ってもらった。眼鏡をかけると、視界がはっきりして、人の顔もよく見える。世界が開けたような気がした。すると勉強の意欲も出てきて、雛は学校にまた通い始めた。

学習支援の場には、同じように学習に困難を抱えている小中学生がいたので、恥ずかしいということもなかった。中には同じような生活保護世帯や母子家庭の子も少なからずいた。クリスマスや餅つきの行事もあり、初めて友達もできた。中学になっても通い続け、高校受験でも世話になった。とくに鶴岡さんにはいろんな相談をした。彼女は親身に相談に乗ってくれて頼りがいがあった。鶴岡さんは独身だが、こんな母親がいたらいいな、と思う。

雛にとって学習支援の場は、心許せる貴重な居場所でもあった。仲間というものを初めて持ち、したことのない季節の行事をやり、友達としゃべったりゲームで遊んだりする機会をもらった。いい思い出がたくさんある。

高校は都立の定時制に通った。昼間はファストフード店で働き、学費や家計の足しにした。要領が悪く、バイト先では叱られてばかりだったが、頑張って続けていた。OGとしてたまに学習支援の場には顔を出した。仲間に会え、鶴岡さんと話せるのが楽しみだった。

だが雛が高校三年になり、就職を考え始めた頃から、弟の玲が荒れ始めた。中学三年にあがるとサッカーもやめてしまい、悪い連中とつるみ、祖父や雛にも当り散らすようになった。そして自転車で仲間と街を暴走しているうちに、人身事故を起こしてしまった。示談になったものの、被害者の小学生男子は運悪く転んで頭を打ち重傷で、月に二十万を超える多額の治療費が雛の背中にのしかかった。祖父の生活保護費と雛のアルバイト代から捻出したが、とうてい事足りず、高校を中退し、すぐにでも就職をしなければいけなくなった。

神様はいつも希望を見せてくれたと思うと、地面に叩きつけるようなことをする。自分たちのような貧乏人をますます苦しめるようなことをなぜするのだろうか。

命を絶ってしまったほうが楽なのではないか。

祖母のもとに行きたい。

生きていくのが辛すぎて、毎日どうやったら簡単に死ねるだろうかと考えていた。

そんな折、田辺さんから事情を聞いた鶴岡さんが雛を訪ねてきてくれて、一緒に泣いてくれた。鶴岡さんの顔を見たら、自分のことを心配してくれる人を悲しませてはいけないと思った。田辺さんや鶴岡さんがいたから、雛は生きながらえることができたのだ。

「働かないとならないけど、どうしたらいいかわからない」鶴岡さんに相談した。

「私の高校の同級生が女性専用シェアハウスを管理経営する不動産会社を営《いとな》んでいて、

社員を募集していたから聞いてあげるわよ」

すがるような思いでスイーツエステートに面接に行った。磯野社長はとても格好良い女性だった。社長は鶴岡さんから事情を聞いていたようだが、雛から生い立ちを聞き出すと、感極まった声で「大変だったうえに、また……」と涙を拭《ぬぐ》った。

「あなたのような人は、きっとうちのシェアハウスの方針、女性のコミュニケーションの場の提供、ネットワークづくりの大事さがわかるわよね。他人でもつながりを持つ、助け合うことの大事さをよくわかっているはずだから。ぜひうちで働いてちょうだい。若いから期待してるわよ。うちで働きながら、いずれ宅建を取るのもいいんじゃない？　応援するから」

雛は磯野社長のもとで働けることが嬉しかった。他人同士のつながりを助ける仕事ができるなんて、とても素晴らしい職場だとも思った。これまで雛も、パン屋の田辺さんや、学習支援の場で会った鶴岡さん、そして仲間になった友達にどんなに助けられてきたことか。家族の絆《きずな》がなくても、違う絆を持てばいいのだ。他人に救われてきた雛だからこそよくわかる。そして寄り添う「場所」の大切さも身に沁みている。

なによりアルバイト以上の収入が得られることもありがたい。少しでも多くのお金を事故の被害者に送金しなければならないのだ。福利厚生としてスイーツエステートのシェアハウスにただで住めるというのも魅力だった。祖父を嫌いなわけではないが、団地から出たかった。新しい生活がしたかった。

意気込んでスイーツエステートに働き始めて数ヶ月が経つ。

「とにかく、あなたにかかっているんだから、頑張ってね」

社長にも言われたばかりだ。雛は、社長から期待されていることがとても嬉しかった。

だが、雛はあまり自分が役に立っていないことに気づいていた。自分なりに頑張っているのに、ティラミスハウスでの人間関係を円滑に運ぶ手助けがちっともできないことが悔しい。

家族の団欒《だんらん》をほとんど知らずに育った雛は、このちゃぶ台での食事が楽しみでたまらない。さくらも加わったらなおさらいいと思っただけなのに、かえって雰囲気を悪くしてしまった。

うっかり話してしまったけれど、生保のことだって、なんでみんな責めるような言い方をするのだろうか。

社長から「下山さんも生活保護受給者だけど、私、生保って、恥ずかしがることでもないし、堂々としていていいと思うのよね。だけど、彼女、イベントにも参加しないし、なんか引きこもっているみたいじゃない。きっと肩身が狭いのね。だから、あなたが気遣ってあげてね」と言われていた。

肩身が狭い、というのがどうにも解《げ》せなかった。周りの人たちだって同じようにぎりぎりで暮らしているのに、どうして理解してあげないのか。もっとあたたかい目で見られないのだろうか。

苦しいから国に助けてもらっているだけなのに、生活保護は、そんなにいけないことなのだろうか。生活保護受給者は性格や態度がしおらしくなければならないのか。うまく言い返せない自分ももどかしい。学習支援の場には、母子家庭で収入が低く、生活保護がなければ暮らしていくことができない友達もいた。団地には高齢で働けない老人が住んでいた。祖父は身体にハンディキャップがあった。

彼らも非難されてしかるべき人たちだというのだろうか。

世間とは、どこまで厳しい場所なのだろうか。

雛は転校先の小学校でもいじめにあったが、それは勉強ができなくてどんくさいからで、生保だからだとは思わなかった。だけど、もしかしたら、いじめられたのは、生保だったことも原因としてあったのだろうか。

世の中の人の考えていることが、雛には理解できない。鶴岡さんの「家庭の事情や経済状況がどうあれ、胸を張って生きていい」という言葉を信じてきた。でも、もし生保のことが人に言ってはいけないことだとしたら、これからは気をつけなければならない。そして失敗をどうにかカバーしなければ。

住人みんなに仲良くしてもらうためには、どうすればいいのだろうか。とりあえずは、花火大会のイベントに参加してもらえるように頑張ってみよう。

雛はトーストと目玉焼きをきれいに食べ終えて立ち上がり、食器を洗い片付け、身支度を整えた。といっても、顔を洗って、服を着替えるだけだ。化粧をすることもないから、鏡も見ない。自分の容姿はあまり見たくない。視力低下がすすみ、最近は眼鏡の度が合わなくてよく見えないのはかえって幸いなぐらいだ。眼鏡を新調する余裕もないので、このままでいい。

スイーツエステートの事務所に出勤するためドミトリーを出ようとすると、「佐伯ちゃん」と声をかけられた。風香がカーテンを開けて顔を覗《のぞ》かせている。

「さっき、さくらちゃんが、人が来るって言ってたけど、誰が何時頃来るの?」

「あ、えっと」

ケースワーカーだとは言えないので、どう言おうかちょっと考えた。

「内見も来るんだよね」そのあとあくびをひとつする。

「その、下山さんの知り合いの方は十時頃で、内見は、えっと、たぶん、じゅ、十一時ぐらいになると思います。それから、えっと、その、午後は二時頃に、もう一件内見があります」

「そっかあ。うーん。じゃあ、うるさくて、寝てらんないよね」

そのとき、コンビニに行くと言って出ていったさくらが戻ってきた。

「さくらちゃんもさー。静かにお願いね。あたし、寝てないからしんどくて」

風香はカーテンをしゃっと閉めたが、「あ、そうだ佐伯ちゃん」とまた開けた。さくらは、うなだれ気味に自分のベッドに入っていく。

「花火って参加者集まってる?」

「え、あ、いいえ、まだあまり……」

「あたしから声かけてあげるよ。あたしも行くし」

「え？　ほ、本当ですか？　ありがとうございます！」

「その代わりって言うとなんだけど」

「え？」

「来月のうちの劇団の公演のチケット、買ってもらえるように手伝ってくれないかな。ほかのシェアハウスにも掲示して、みんなに声かけて欲しいんだ」

普段の風香は目立たない平凡な見た目で、「俳優」という印象があまりないので忘れていたが、劇団のメンバーだったことを思い出す。

「えっと、その……」

「チラシ、あとで渡すね。じゃ、そういうことで、よろしくっ」

風香は雛の返事も聞かずにカーテンを閉めてしまった。

スイーツエステートの事務所には、まだ誰も出勤していなかった。まずはエアコンを点け、お客さんを迎えられるよう事務所内を整える。足ふきマットを入口に置き、自動ドアを稼働させた。自分の机に着き、パソコンを起動させ、細かい事務仕事をひとつひとつ片付ける。最近パソコンにもようやく慣れてきた。今日の予定を確かめ、メールをチェックすると、古畑《ふるはた》 樹《いつき》からメールが届いていた。

『スイーツエステート　佐伯様

何度もすみません。私のiPhoneは見つかりましたでしょうか。

新しいiPhoneを買いましたが、画像や連絡先など、バックアップしていない大事なデータがたくさんあるので、もしあったら送ってください。

よろしくお願いいたします。

古畑樹』

樹がティラミスハウスを去ってから二ヶ月が経っている。樹からはiPhoneがあったかどうか問い合わせるメールがいままで二回ほど来ていたが、彼女のiPhoneはいまだにどこにも見当たらない。雛がスマートフォンを持ったのはスイーツエステートに入社してからで、会社が持たせてくれた。いまやスマートフォンなしでは暮らせなくなっている。だから樹の気持ちがよくわかる。

それにしても、突然樹の両親がティラミスハウスに訪ねてきたときは本当に驚いた。樹は両親にはニューヨークにいるように装っていたそうだ。樹がiPhoneを紛失すると、両親は樹からメールが来なくなって心配になり、ニューヨークの語学学校に問い合わせた。そして四ヶ月前に辞めていることを知った。警察に相談すると、携帯電話会社のGPSが最後にティラミスハウスのある東京の明大前の位置を示していたことがわかった。それで慌てて広島から飛んできたということだった。

iPhoneはまだ見つかっていない旨の返信メールを打っていると「あのー」と事務所に誰か入ってきた。顔をあげると、つばの大きな帽子をかぶった中年の女性がおそらく雛とあまり歳の変わらない女の子を連れていた。顔が似ているので、親子のようだ。女の子は短い丈の白いワンピースを着ていて、色が白く、いかにもお嬢さん、という雰囲気だった。

「春日《かすが》です。今日はよろしくお願いします」

「あ、はい、ええっと、内見の方ですね」

「はい、娘一人じゃ心配で、私も参りましたの」

「えっと、い、いま、用意しますので、お座りになってお待ちください」

二人はカウンターの前のスツールに座った。時計を見ると九時四十五分だ。約束の時間よりも十五分も早い。事務所を空けるわけにはいかないので、ほかの社員が来るまで事務所からは出られない。それでも春日さんの手前、書きかけのメールを閉じて、出かける準備を始めた。内見予定のシェアハウスの鍵を用意する。

春日さんは、「喉渇《のどかわ》いたわね」と立ち上がり、ティーサーバーから紙コップに冷たい麦茶を二つ注いで一つを娘に渡し、自分の分を一気に飲み干した。

「東京はやっぱり暑いわよねえ。長野とは違うわ。みっちゃん、大丈夫?」

みっちゃんは、黙って頷いた。ここに来てから春日さんしか喋っていない。

「おはようございまーす」

同僚の社員が現れ、春日親子に、いらっしゃいませ、と頭をさげた。

「あ、で、では、行ってきます」

雛は春日親子を連れ、井の頭線の下り電車に乗って吉祥寺に向かった。席が空くと春日さんは、自分が座るのではなくみっちゃんを座らせたのを見て、世の中の母親とはこんな風に子供を想うものなのだろうかと思った。内見に付き添い、娘をとても大事にしている。そういえば樹の母親も広島から東京にすっ飛んできた。

若い姿のままの母の安奈が思い出された。彼女はどこにいるかさえわからない。きっと雛のことなど忘れてしまっているに違いない。

胸の奥が苦しくなってきて、雛は窓の外に視線をやる。流れる住宅街の景色の中に、きっとたくさんの家族の幸福が詰まっている。そんな場所に、自分と母はそぐわない。あたたかい家庭、愛情深い母親なんていうものは雛とはかけ離れたところにある。そう思うと胸の苦しさは痛みに変わっていく。

頭を振って車内の広告に視線を移すが、母子の微笑《ほほえ》む写真が目に入り、ふたたび窓の外を見る。遠くの空に見える入道雲をぼんやりと眺めながら、お盆休みには祖母の墓参りをしようと思っていた。

最初に内見するのは吉祥寺駅からバスで十分程行った場所にあるジェラートハウスだ。ここはよく雑誌などにも取り上げられる。注文建築の一軒家を改築したシェアハウスで、作りが高級で築年数も浅く、三十坪と広い。当然ながら家賃は高めだ。ドミトリーは三人部屋、設備費込みで七万五千円もする。ティラミスハウスの約二倍だ。個室は十万円。高額物件にもかかわらず吉祥寺という立地もあり、人気があった。二日前にホームページに空室を載せたら、問い合わせが立て続き、昨日さっそく見に来た人がいた。即決はしなかったが、だいぶ前向きだった。今日も午後に内見が二件入っている。

「わあ、すごい。かわいい」

ジェラートハウスの外観を見たみっちゃんは、初めて声を発した。いかにも女の子っぽい高いトーンの声色だ。

乳白色の塗装が施《ほどこ》されたジェラートハウスは、たしかにかわいらしい。屋根付きの駐車スペースもあって、そこには自転車が三台ほど並んでいる。外構はタイルが埋め込まれ、アプローチは西洋風だ。植え込みにはラベンダーとオリーブの木も涼しげに緑を添えていた。

アルミのドアの鍵を開けると、天井の高い広い玄関スペースで、その床は人工タイルで、高級感を醸《かも》し出している。

「ここ、素敵ねえ」

春日さんも気に入ってくれたようだ。玄関に続く一階はすべて共有スペースで、インテリアも凝っている。全体的にパステルカラーを基調にした柔らかい色を使い、いかにもおしゃれな雰囲気だ。三畳ほどのシステムキッチンは白で統一され、十五畳のリビングダイニングには、白木の六人がけのダイニングテーブルと四人がけの黄色いソファがある。

「テレビに出てくるシェアハウスみたい」みっちゃんの目が輝いている。

「どんな方が住んでいるのかしら」春日さんが訊いてきた。

「えっと、こちらは、そうですね。あれです、アニメーターの方とか、ＯＬの方も。ボイストレーナーという方もいます。えっとイギリス人の方も住んでます」

「わー。すごい、すごい。おしゃれだね」

みっちゃんが言うと、春日さんは目を細めて頷いた。

「やっぱり、娘を初めて家から出すから、女性同士共同で住むのが安全っていうだけでなく、どんな人がいるかも気になるわ。だから、専門的な職業の方とか、なんか、きちっとした立派な人がいそうで、安心」

「あ、はい、えっと、そうですね。こちらのシェアハウスでは、ええ、いろんなイベントで、その、住人同士のコミュニケーションを深めるようにしております。ええ、英会話教室もあります」

「まあ、至れり尽せりで、それはますます安心ね。仲良くなれば、助けてくれるものね。心強いわ」

「ママ、ここにしたいな」

「そうね、ちょっと予算より高いのと、個室じゃないのが気になるけど」

「えっと、ええ、二階のドミトリーをご案内しますが、その前にキッチンの奥に洗面所とお風呂がありますので。洗濯機も……」

　そう言ったとき、雛のスマートフォンが震えた。着信は下北沢の事務所からだった。

「あ、えっと、えっと、すみません、ちょっと電話が。あの、水回りは、どうぞご自由にご覧になっていてください」

　春日親子に告げて電話に出ると、会社からだった。

「佐伯さん、昨日内見した方が、ジェラートハウスに決めますって連絡があったから、そこはなしね」

　通話を切ると、春日親子が「ミストサウナがある！」とキャーキャー言っている声が聞こえてくる。雛は溜息を吐いてから、春日親子のもとに行った。

　ジェラートハウスが決まってしまったことを告げるとふたりとも機嫌を損ねてしまった。そしてみっちゃんはまた喋らなくなる。それからティラミスハウスに案内したが、春日親子は外観を見ただけで、ぷりぷりと怒って帰ってしまった。

午後には中年の男性と若い女性がティラミスハウスを内見した。親子だというが、父親はあごが出っ張っているのに対し、娘は丸顔でまったく似ていない。態度もなんとなくよそよそしくて不自然な気もしたが、そういう親子もいるのだろう。

父親らしき男は、消防法の規定は守っているか、建築基準法がどうの、地震が起きたら大丈夫なのか、入居の審査は厳しいのかなど、やたらに詳しく質問してきてメモをとっていたのが面倒だった。娘の方はスマートフォンでドミトリーの写真を勝手に撮り、注意したのに、好美が留守中の二階の個室のドアを開けてまた撮ろうとした。二度目はかなりきつく注意したが、父親が「心配している母親に見せるために撮ってるんですよ。それにしても窓が小さいんですね。暑くて死んじゃうな、こりゃ」とまったく悪びれないのにさすがの雛も腹が立った。そして、時間をかけてじっくり見たわりには、彼らは契約を保留にした。

磯野社長に今日の内見の様子を報告すると、「そりゃ、春日さんには先にティラミスを見せるべきだったでしょ」と言われた。本当はそのつもりだったのだが、さくらのケースワーカーが来る時間を避けたかったのだ。

「あと、やたら突っ込んで聞いてくるのは、場合によっては冷やかしの人かもしれないから、そういう人には詳しく見せないように気をつけて。同業他社かもしれないしね。口コミサイトにあることないこと書き込まれる場合もあるのよね」

　また失敗を重ねてしまったと落ち込んでティラミスハウスに戻ると、食卓がすでに整っていた。今日のメニューはナスの素揚げと冷奴だ。ほっとして気持ちが和《なご》む。このあと事務所に戻って掃除をしなければならないが、束の間の休息だ。

　ちゃぶ台に腰を下ろすと、「佐伯ちゃん、これ」と先に座っていた風香にチラシの束を渡された。

「あ、はい」受け取ってみると思ったよりも重みがあった。

「スイーツの事務所にも置いてくれると嬉しいんだけど」

「え、あ、はい。そうですね」

「あとさー。さくらちゃんのことだけど……」雛はさくらのベッドに視線を飛ばした。

　本人のいる前で何を言うつもりなのか。

　雛の動揺に気づいた風香が、「さっき外に行ったよ」と言ったので胸をなでおろす。

「今日やっぱり全然眠れなくてね。さくらちゃんの知り合いが来たときも目が冴えてて、話が全部聞こえちゃったんだよね。一応、寝たふりはしてたけど。あとさー、午後の内見のおじさんもうるさかったよね。思わずベッドから顔出して文句言いたくなったぐらいだよ」

「え、あ、そ、そうでしたか。すみません」

「それでね。さくらちゃんのことだけどさ。さくらちゃん、丈夫そうに見えるけど、すごく辛い病気みたいだね。なんか、通院がどうの、カウンセリングがどうのって言ってた……」

　そこで好美が「凪ちゃんから私も聞きました」と口をはさんだ。雛はさくらが気の毒で、先を聞くのが苦しくなってきた。

「さくらさん、身体が震えたり、汗がむやみに出たり、眠れなかったりしているみたいですね。働くのが難しいみたいですね」

「え、っと、そ、そうなんですか……」

　雛は複雑な気持ちになった。あれだけケースワーカーのことを気にしていたぐらいだから、さくら本人はおそらく病気のこともほかの住人に知られたくはなかっただろう。しかし病気のことを知った二人が少しでもさくらに優しい目線を向けてくれるのはいいことだ。

「あの、えっと、じゃあ、下山さんも一緒に食事して、花火も誘って……」

「あ、そのことなんだけどね」風香が顔を上げて雛の言葉を遮《さえぎ》った。

「好美さんと話したんだけど、さくらちゃんのことはそっとしておいてあげるのがいいんじゃないかって。本人が望んでいないのに、無理に仲良くしようとか、おせっかいするのも良くないんじゃないかな。病気のこともあたしたち、知らないふりするよ。挨拶ぐらいはするけど、それ以上踏み込まないようにしようかと思う」

「はあ、あ、え、そうですか……」

　そっとしておいた方がいいというのは冷たいような気もするが、二人が言うのだったら、それがいいのだろう。雛にはさくらがどういう病気なのかもよくわからないし、軽率なことはするべきではなさそうだ。

「だから、佐伯ちゃんも、花火とか、一回は声かけてもそれ以上しつこくは誘わない方がいいよ。あたしの劇団の公演も」

「え、あ、そうなんですか。えっと、はい、わかりました」

「いろんな人がいますよね。人とつながりたくない人だって。考えたらワンさんもそうですものね」

好美が言うと、風香が、「あ、ワンさん！」と大きな声を出した。

「どっ、どうしたんですか？」

「大変だよ」風香が深刻な面持ちになる。

「何が大変なの？」

好美も心配そうな顔になった。雛は全く意味がわからない。

「あのね、あたし、今朝夜勤明けで朝早く帰ってきたじゃない。で、ここ涼しいし、中途半端に寝ちゃうと朝ごはんで起きられないから、ここで朝ごはんまで台本読んでたんだよ」

「そうだった。風ちゃん、朝、私が降りてきたら、ここにいたわね」

「好美さん、昨日の夜はワンさん、いつもの時間に帰ってきた？」

「ええ、隣から音が聞こえてきたから」

「じゃあ、まずいよ。まずい。ワンさん今日、朝、降りてきてないよ。出かけてないよ」

「風ちゃんが昼間寝てる間に、出かけたんじゃないの？」

「でも今まで休日以外でワンさんが昼間までここにいたことなかったじゃない。平日に休んだこともないよね。そういえばワンさんの靴あったし！」

「新しい靴を買って、それで出かけたのかも」

好美が言ったが、風香は強く首を振った。

「ワンさんがいままで服とか靴とか新しいの、身につけてるとこ、見たことない」

雛は、あのう、と好美と風香の会話に割って入った。

「えっと、その、ワンさんは部屋にいるんですよね。それが、えっと、どうして大変なんですか。あの、でも、特別にお休みの日で部屋にいるのかもしれないし」

「だけど、佐伯ちゃん。もしかしたら具合が悪いとかかもしれないじゃない？」

「そうね。ワンさんの部屋は窓がないし昨夜はいつもより暑かったし」

好美の表情が沈痛なものになっている。

「心配だよ。佐伯ちゃん、見てこようよ。声かけてみよう」

そう言うと風香は立ち上がり、雛の腕を引っ張る。

雛は立ち上がり、階段を上がっていく。後ろに風香、そのあとに好美も続いた。

階段を上がりきって手前のドアをおそるおそるノックするが、返事はない。扇風機の音がかすかに聞こえるだけだ。

「ワンさーん」

大きめの声で言ったが、うんともすんとも答えない。

「やっぱり入ってみるしかないよ」

風香が背後から手を伸ばして、ドアを開ける。幸い内鍵はかかっていなかった。

布団の上でワンがぐったりと横たわっている姿が目に飛び込んできた。雛は恐怖で身体が固まってしまい、部屋に入ることができなかった。さっきの内見のときも、こうして寝込んでいたのだろうか。

「あ、あ、あの、寝てるんでしょうか」

風香は雛の質問を無視して部屋に入り、ワンを揺り動かすが、目を覚まさない。

「身体が熱いよ。やばい、やばいよ」

ドアの前で呆然《ぼうぜん》としている雛の横を通り、好美も部屋に入った。ワンさん、と声をかけながら身体をさする。すると、ワンが薄く目を開けたが、意識が混濁《こんだく》しているようだ。

「大丈夫？」

風香の言葉にワンがかすかに頷き、首をあげた。

「熱中症よ、きっと。すぐに病院行かないと。とりあえず冷やさなきゃ。私、氷持ってくる」

好美は立ち上がり、部屋を出て行った。

「佐伯ちゃん、ほら、早く、救急車呼んで。電話！」

風香が怒鳴るように言った。するとワンは、「嫌だ……病院行かない……捕まって中国に返される……」とうめき声とともにつぶやいて起きようとしたが、またすぐに倒れ込んでぐったりしてしまった。

「しっかりして」

ワンをゆすりながら、風香がこちらを向いた。

「ぼけっとしてないで一一九番！」

「え、え。でも、病院行かないって」

「何言ってんの、死んだらどうすんの。いいから、電話して」

雛は階段を転げるように下りた。スマートフォンを持ったが、手が震えて二度ほど間違える。三度目でなんとか一一九番通報した。

やがて救急車が到着して、玄関前でワンが運ばれていくのをみんなで見守っていると、昼間に内見に来た不自然な親子の父親が雛に近づいてきた。なぜ、ここにいるのかと訝《いぶか》しく思って雛は顔をしかめた。

「あ、そいつ、不審者の」風香が、叫ぶように言った。

「たしかに、そうね、この人」好美も男を睨《にら》んでいる。

「熱中症ですか？　あの環境じゃ、当然ですね」

男は、まるで病人が出たことを面白がっているかのように下卑《げび》た薄笑いを浮かべた。

そして、ストレッチャーに乗せられているワンの写真をスマートフォンで撮ろうとした。

「やめてくださいっ」

思い切り突き飛ばしたが、男は撮影を止めようとしなかった。

そこに、知らせを聞いた磯野社長が切迫した表情で駆けつけた。すると、男は、今度は社長ににじり寄っていった。

「これはまずいですよね。私、こういうものです」

渡された名刺を見て、社長の顔が青ざめ、放心したような表情になっていく。

「付き添いの方はどなたですか?」救急隊員に問われ、社長は、はっとして、我に返ったようだ。

「はい、私と」そう言って雛の方を向いた。

「佐伯ちゃん、一緒に救急車に乗って」

指示された通り、雛はストレッチャーに横たわるワンに付き添ったのだった。

幸い命はとりとめたものの、ワンの病状は深刻で、しかも彼女が外国人技能実習制度で来日し、現在不法就労の状況だったことが明らかになり、芋《いも》づる式に次々と問題が噴出した。

磯野社長は、建築基準法に満たない建物をシェアハウスとして使用していた上に、建築安全条例にも違反していた罪に問われた。つまりティラミスハウスは、マカロンハウスとともに、違法シェアハウスだったのだ。磯野社長は名前の異なる会社をもう一つ、他人の名義で実質的に経営していて、そちらで扱う京王線や小田急線沿線の男女混合シェアハウス五つのうち三つにも、違反があった。そして、スイーツエステートの従業員と物件の住人、みな警察に事情を訊かれた。

スイーツエステートは業務を停止し、明大前のティラミスハウスだけでなく、吉祥寺のジェラートハウス、永福町のマカロンハウス、すべてのシェアハウスの住人は立ち退かなくてはならなくなった。

雛は祖父の家に戻った。ばらばらになったティラミスハウスの住人たち、好美、風香、さくらは、ほかの会社のシェアハウスに移ることができたようだ。連絡先を教えあうほどの仲ではなかったが、好美と風香と一緒に食卓を囲んだことは忘れられない。そして、さくらの病気がよくなることを心から願っている。ワンウェイは身体が回復したら中国に強制送還されると聞いているが、彼女の人生を救うつながりがどこかにあることを祈った。

雛はこれから先どうしたらいいかと悩みあぐね、鶴岡さんに会いに行った。

「雛ちゃん、この週刊誌、読んだわよ」

鶴岡さんが開いて見せてくれた記事には、おどろおどろしいフォントで「貧困ビジネスの実態!」とタイトルが付いていた。そこには、磯野社長が貧困ビジネスとして違法にシェアハウスを経営していたことが詳しく書かれていた。

男が何食わぬ顔をして内見していたことを思い出し、雛は歯嚙みしたい思いに駆られた。彼は、かねてからティラミスハウスを嗅ぎ回っており、住人から不審者と見られていたのだ。樹や以前のティラミスハウスの住人、そしてスイーツエステートを辞めた社員にも接触していた。記者の男は、救急車が去ったあと、風香や好美にもしつこくいろいろと事情を訊いたという。雛にも取材を申し込んできたが、いっさい応じなかった。

「磯野さんが違法なことをするような人だとは思わなかった。本当にごめんね、雛ちゃん。給料も安いうえに、朝から晩までずいぶんとこき使われたようね。辛かったでしょ」

鶴岡さんに謝られて恐縮してしまう。良かれと思ってしてくれたことだ。これは自分が恐ろしいまでに運がないということなのだ。

それに雛は、磯野社長を悪人だとはどうしても思えなかった。自分の話を聴き、流してくれた涙は本物だったと信じたい。そして、弱い人間を助け、本気で他人同士のつながりを作ろうとしていたに違いない。

「え、あ、そんな、鶴岡さんのせいじゃないし。それに、辛いなんてことなかった。社長のとこで働いていた間、住人のためになにかすることにやりがいを感じてたし、充実してたから」

「雛ちゃん、それは、精神論でやりがいを搾取《さくしゅ》する、ブラック企業よ。たちが悪いな。とにかく、次の職場は、まともなところにしないとね」

「はあ……でも、見つかるかな」

「とりあえず次が見つかるまで、田辺さんが、バイトで雇ってくれるって」

「そ、そんな、悪いよ」

「田辺さん、もっと早くそうしてあげるべきだったたって悔やんでた。でも、給料はあまり出せないみたいだから、フルタイムってわけにはいかないって」

「助けてくれるだけでありがたいよ。なんか、その、私なんかのためにいろいろしてくれて、あの、鶴岡さんにも、えっと、田辺さんにも、その、申し訳ないよ」

「私なんか、って言っちゃだめだよ、雛ちゃん」鶴岡さんが厳しい顔になった。

「生まれてきた以上、誰にでも幸せになる権利はあるんだから。くじけないで」

本当にそうだろうか。

自分にも幸せになる権利はあるのだろうか。

あるとしても、幸せはあまりにも遠くにある。

「田辺さんとこを手伝って、余裕があったら、私の手伝いもしに来て。学習支援で頑張ってる後輩たちの姿をみたら、勇気がわくよ、きっと」

「鶴岡さんは私の宝物だよ」

そう言うと、鶴岡さんが雛の手をぎゅっと握りしめた。鶴岡さんの掌《てのひら》はやわらかくてあたたかく、雛はしばらく手を預けていた。

自分にはお金がないけれど、助けてくれる人がいる。仲間もいる。

そう思うと気力がみなぎってきた。

「私、高卒認定とって、宅建の資格もとって、いつかちゃんとしたシェアハウスをやりたい。誰かの力になりたい」

雛は鶴岡さんの掌を強く握り返したのだった。

参考文献

「失職女子。」大和彩著　WAVE出版
「神様の背中～貧困の中の子どもたち～」さいきまこ著　秋田書店
「陽のあたる家～生活保護に支えられて～」さいきまこ著　秋田書店
「女性たちの貧困　〝新たな連鎖〟の衝撃」NHK「女性の貧困」取材班著　幻冬舎
「生活保護リアル」みわよしこ著　日本評論社
「子どもの貧困連鎖」保坂渉・池谷孝司著　新潮文庫
「ルポ居所不明児童―消えた子どもたち」石川結貴著　ちくま新書
「ルポ母子家庭」小林美希著　ちくま新書
「最貧困女子」鈴木大介著　幻冬舎新書
「最貧困シングルマザー」鈴木大介著　朝日文庫
「子どもの最貧国・日本」山野良一著　光文社新書
「子どもに貧困を押しつける国・日本」山野良一著　光文社新書

「シングルマザーの貧困」水無田気流著　光文社新書
「ルポ　差別と貧困の外国人労働者」安田浩一著　光文社新書
「中国絶望工場の若者たち」福島香織著　ＰＨＰ研究所
「無戸籍の日本人」井戸まさえ著　集英社
「都市の舞台俳優たち」田村公人著　ハーベスト社

解説

区分けして安心する社会で

武田砂鉄（ライター）

人の生き様を身勝手に決めてくる人は許せないし、許さなくていいと思っている。どんな人でも、「ホントにこんな感じでいいのかな」と悩んでいる事案はいくつもあって、意を決してそのわだかまりを外に吐き出すと、「あー、はいはい、それってこういうことだよね」と整理されてしまう。そんな整理を望んじゃいないのだが、そういう時って、こっちはおおよそ疲れているから、ひとまず聞き入れてしまう。あっちを満足させただけだな、と、後になって悔やむ。

性別、国籍、仕事、あるいは、家庭環境や持ち金などに基づいて、様々な立場が用意され、知らぬ間に区分けされていく。区分けを逃れようとすると、「区分けを逃れようとする人」という区分けが新たに用意される。いずれにせよ、属性で固めようとする。なんでそんなことばかりしてくるのかといえば、自分の安心のためだ。自分が

Aという区分けの中にいて、Bという区分けの中で問題が起きれば、「自分はAなんですけど、ホントにBってそういうところがあるよね」などと言える。もしもAの中で問題が起きても、「実はAにも三種類あって、今、問題になっているのはAの中でも、自分のところとは関係がないんですよ」なんて言いながら逃げる。つまり、区分けを重ねれば重ねるほど、何かが起きた時、誰かのせいにすることができる。誰かのせいにすることで、安心を手に入れる。その安心の裏側で、誰かが思いっきり踏んづけられているとは考えない。

始終冷たい対応をされた採用面接の会場を出た下山さくらは、井の頭公園を歩きながら、こんなことを思う。

「なにも悪いことをしていないのに、どうしてこんな境遇になったのだろう」

年齢を問われ、職歴を見られ、趣味を聞かれ、親の居住地を確認された。なにも悪いことはしていないのだ。それでも、なかなか暮らしていけなくなる社会がそこにある。暮らしていける人もいるから、自分の中に責任を探し、さらに身動きがとれなくなってしまう。自分のことはできるかぎり自分でやるべきだし、それができないのは自分自身の甘えでしょうと、社会という大きな主語が迫ってくる。

この小説の舞台は、明大前駅から徒歩18分のところにあるシェアハウス「ティラミスハウス」。ここに住む女性たちは、社会からそれぞれ「区分け」された人たちだ。さくらは、生活保護を申請し、やがて許可されると、ティラミスハウスの「住人との接触を避け、生活保護を受けていることが知られないように気をつけた」。

「人より『優位』に立っている」という表現が出てくる。さくらが、自分に話しかけてきた住人の小寺風香に対して無愛想を貫くと、「かえって気を遣われたりするので、なんとなく心地よい。これまで人に見下されてばかりいたので、びくびくされると自分が重要な人物にでもなったような気がする。ティラミスハウスでは生まれて初めて人より『優位』に立っているのではないだろうか」と気が付いてしまう。その「優位」も、たちまちひっくり返る。生活保護を受給しているとわかった途端、「生活保護を受けてるなら、もっと謙虚にするべきじゃない?」「年齢も好美より若いさくらが生活保護を受けていることが許せない。その費用は、必死で働く好美たちのわずかな給料から取られる税金でまかなわれているのだ」といった言葉や視線が刺さる。

こうやって比較する。比較を繰り返す。比較して明らかになった差をテーブルの上に並べ、普通こうするんじゃないかな、そんなこともせずにあんな感じでいるなんてどうなんだろうか、と粗い感情が飛び交《か》う。このシェアハウスには、様々な事情を抱えた……と、ひとまず書きそうになってから考える。ネグレクト、シングルマザー、外国人技能実習制度、これらは事情なのだろうか。社会の不寛容がその状態を放置し、個人の事情として押し付けているだけではないのか。

「私なんか、って言っちゃだめだよ」という言葉に触れる。ティラミスハウス運営会社社員、雛がかけられた言葉だ。その言葉は、「生まれてきた以上、誰にでも幸せになる権利はあるんだから」と続く。でも、そこに「本当にそうだろうか」「自分にも幸せになる権利はあるのだろうか」「あるとしても、幸せはあまりにも遠くにある」と雛の心情がかぶさる。

幸せになる権利なんて、あるに決まっている。疑ってはいけない権利だ。でも、それを疑わせる社会が広がっているのだとしたら、その社会をどうにかしなければいけない。細かく区分けして、細かい区分け同士を争わせると、最も大きな枠組みが無傷でいられる。とっても過ごしやすい日々を維持することができる。

このコロナ禍で、ある大御所芸人が、「コロナが終息したら絶対面白いことあるんですよ。美人さんがお嬢（風俗嬢）やります。短時間でお金を稼がないと苦しいですから」と述べたことが問題視され、芸人は謝罪に追い込まれた。お金に困った女性たちが性風俗の仕事を始めるはず、という期待はもとより、それを「面白い」と表現したことに薄ら寒いものを感じた。圧倒的な強者が、圧倒的な弱者が苦しむことを想定し、それを「面白い」と形容した。血も涙もない奴だな、と彼の発言をたしなめるのは容易だが、区分けして安心する社会にあって、自分には、面白がる感覚なんて絶対に芽生えないと、どれだけの人が言い切れるだろう。私はあの人とは違う、という感覚を完全に殺すことは難しい。定期的にチェックをしないと、たちまち体の中で膨れ上がってしまう。自分はあの人とは違うんだと安心する時、あの人の身動きを狭めているのかもしれない、と想像しなければいけない。

「自分という存在が他の人にとって軽いものであることが悔しい」と風香は憤る。どんな人間にも共通する感情だと思う。私たちは、そういった感情を抱えながら生きていく。その感情のために、他の人の存在を更に軽くするようではいけない。ティラミスハウスに吸い寄せられた女性たちを眺めながら、おまえはどうだい、他者を軽んじていないか、と自分に矢印を向けてみる。そんなことしてないよ、と即座に言い返すのだが、その目は泳いでいる気もする。

この作品は2017年11月徳間書店より刊行された『あいまい生活』を改題し、加筆修正したものです。

なお、本作品はフィクションであり実在の個人・団体などとは一切関係がありません。

徳間文庫

足《た》りないくらし

2021年1月15日　初刷

著者　深《ふか》沢《ざわ》潮《うしお》

発行者　小宮英行

発行所　株式会社徳間書店

東京都品川区上大崎三－一－一　〒141－8202
目黒セントラルスクエア

電話　編集〇三(五四〇三)四三四九
販売〇四九(二九三)五五二一

振替　〇〇一四〇－〇－四四三九二

印刷
製本　大日本印刷株式会社

ISBN978-4-19-894620-3　(乱丁、落丁本はお取りかえいたします)